MONIKA MARON

STILLE ZEILE SECHS

Roman

S. Fischer

2. Aufl., 26.–35. Tsd.

© 1991 S. Fischer Verlag GmbH, Frankfurt am Main

Umschlaggestaltung: Buchholz/Hinsch/Walch

Satz: Stahringer, Ebsdorfergrund

Druck und Einband: F. Spiegel Buch GmbH, Ulm

Printed in Germany 1991

ISBN 3-10-048805-9

für Jonas

Beerenbaum wurde auf dem Pankower Friedhof beigesetzt, in jenem Teil, der Ehrenhain genannt wurde und in dessen Erde begraben zu werden der Asche so bedeutender Personen wie Beerenbaum vorbehalten war. Ich entschloß mich, trotz der Kälte nicht mit dem Bus zu fahren, sondern die zwei, höchstens drei Kilometer, die zwischen meiner Wohnung und Beerenbaums künftigem Grab lagen, zu Fuß zu gehen. Ich nahm die Blumen, die ich gekauft hatte, aus dem Wasser – ein dürres Sträußchen Freesien, andere hatte ich nicht auftreiben können –, trocknete ihre Stiele ab und wickelte sie zum Schutz gegen den Frost in mehrere Lagen Zeitungspapier. Ich mag Freesien, ob Beerenbaum sie gemocht hat, weiß ich nicht. Ich entschied mich für den Weg, der mich bis auf zwanzig Meter an Beerenbaums Haus vorbeiführte, ein kleiner Umweg, aber eben der Weg, den ich im letzten halben Jahr zweimal in der Woche gegangen war.

Das Haus, in dem Beerenbaum gewohnt hatte, stand in einem Pankower Villenviertel, vom Volk »Städtchen« genannt, was liebevoller klang, als es gemeint war. In dem Rondell, von dem einige kleine Straßen und Wege abzweigten, hatte bis zum Ende der fünfziger Jahre, hinter Zäunen und

Barrieren, beschützt von Armee und Polizei, die Regierung gewohnt, bis sie, aus Gründen, über die viel gemunkelt wurde, hinter die Stadtgrenze von Berlin gezogen war. Nur einige Witwen ehemaliger Regierungsmitglieder und einstmals mächtige Männer wie Beerenbaum waren hier, gleich neben dem Niederschönhausener Schloß, wohnen geblieben. An manchen Häusern verwiesen Tafeln auf ihre früheren, inzwischen verstorbenen Bewohner: den ersten Präsidenten des Staates, den ersten Ministerpräsidenten, den ersten Kulturminister. Das Haus des Ersten Generalsekretärs hatte man nach dessen Tod, obwohl es sich in gutem Zustand befand, bis auf das Fundament abgetragen und an seiner Stelle ein neues, keineswegs schöneres gebaut, was ebenfalls Anlaß zu Gerüchten bot. Unter anderem wurde erzählt, es seien mit der Zeit so viele Abhöreinrichtungen in das Gemäuer eingebaut worden, daß niemand sie sicher zu entfernen vermocht habe und das Haus deshalb für jeden neuen Mieter unzumutbar geworden sei. Die meisten der großen Häuser im »Städtchen« hatte man als Gästehäuser der Regierung eingerichtet, die kleineren Häuser wurden von den Hausmeistern bewohnt, die die großen Häuser instand zu halten hatten.

An manchen Tagen ging ich, seit das »Städtchen« für die Öffentlichkeit zugänglich war, dort spazieren. Eine jenseitige Stille lagerte zwischen den Villen, deren ständigen oder wechselnden Bewohnern eine amtliche Regelung die Belästigung durch den städtischen Autoverkehr ersparte. Aber nicht nur die Stille war es, die mich anzog. Eine irritierende Unwirklichkeit ging aus von den alten und neuen Häusern, von den sterilen, gleichförmigen Blumenrabatten in den Vorgärten, von den nackten Fahnenmasten neben den Eingangstüren. Die wenigen Spaziergänger sprachen mit gedämpften Stimmen. Die Bewohner blieben unsichtbar, nur selten traf man einen, der mit dem Auto gerade aus der Garage fuhr oder nach Hause kam; niemals sah man in den Gärten ein spielendes Kind. Wer hier wohnte, blieb für den Außenstehenden namenlos; die Namen der Toten auf den Bronzetafeln waren die einzigen, die an den Häusern zu finden waren. Nur ein paar satte, zutrauliche Katzen suchten hin und wieder die Bekanntschaft eines flanierenden Fremdlings. Auf einem der Steinsockel zwischen den Zäunen erwarteten sie ihn gelassen oder gelangweilt, ließen sich von ihm streicheln oder begleiteten ihn sogar ein Stück seines Weges. Ein Ort, öde wie eine

Goldgräberstadt, deren Schätze nun erschöpft waren. Nur klapperte hier nirgends eine Tür oder ein Fensterflügel im Wind. Wie von Geisterhand wurde Ordnung gehalten, als wären die, die fort waren, noch da.

*

Als ich die Stille Zeile überquerte, sah ich vor Beerenbaums Haus zwei Autos stehen, ein großes schwarzes, dessen Schofför neben dem Wagen stand und eine Zigarette rauchte, und das karmesinrote, das Beerenbaums Sohn gehörte. Michael Beerenbaum mit dem blassen asketischen Gesicht, in dem mich immer die grauen Augen beunruhigten, mit denen er seine Gesprächspartner gerade und niemals aus den Augenwinkeln ansah und die mich jedesmal, wenn er seinen unbewegten Blick auf mich richtete, an blinde oder künstliche Augen denken ließen. Ich hatte ihn nicht öfter als vier- oder fünfmal bei Beerenbaum getroffen und wußte nicht viel mehr über ihn, als daß er ein hoher Offizier der Armee war, daß er von seinem Vater Mischa genannt wurde und daß er selbst einen ihm sehr ähnlichen, schweigsamen Sohn hatte, der Stefan hieß. Ich hatte Michael Beerenbaum nie in Uniform gesehen und hätte ihn, wäre er mir auf der Straße begegnet, eher für einen Pathologen oder für einen Pfarrer gehalten als für einen Militär.

Ich ging langsam weiter, den Kopf nach rechts gewandt, wo Beerenbaums Haus stand, das nun nicht mehr sein Haus war, Stille Zeile Nummer sechs. Ich fühlte nichts. Ich konnte denken, daß Beerenbaums Tod mich erleichterte; daß eine einfache und lebendige Gerechtigkeit lag in seinem Sterben und meinem Überleben, das konnte ich denken und nicht fühlen. Ich fror an den Händen, weil ich meine Handschuhe vergessen hatte und weil die Stiele der Freesien doch noch feucht waren. Vielleicht hat er Freesien gar nicht gemocht. Er hat Rosen gezüchtet. Alle alten Männer züchten Rosen, wenn sie einen Garten haben. Warum, dachte ich, warum züchten und warum Rosen.

Den Rosenzüchter Beerenbaum hatte ich im Café kennengelernt, wo ich an warmen Tagen oft auf der Terrasse saß, am liebsten während der späten Nachmittagsstunden, wenn die Leute von den Bussen und Straßenbahnen aus den Büros und Fabriken zurückgebracht wurden. Das Café lag in der Nähe mehrerer Haltestellen, und die Wege vieler Heimkehrer führten direkt über den Streifen

Pflaster vor der Terrasse. Einige von ihnen waren mir im Laufe der Jahre so vertraut geworden, daß ich sie schon aus der Ferne an ihrem Gang oder an der Art ihrer Kleidung erkannte. In jedem Frühling suchte ich neugierig nach Veränderungen, die sich an meinen heimlichen Bekannten entdecken ließen: Frauen waren inzwischen schwanger, andere promenierten am Arm eines neuen Mannes; Familien hatten sich über den Winter Hunde angeschafft. Manche Leute sah ich nie wieder, sie waren umgezogen oder gestorben, vielleicht im Gefängnis.

Auch Beerenbaum hatte ich schon einige Male gesehen, ohne zu wissen, wer er war. Er war mir wegen seines kurzen, aus den Kniegelenken geworfenen und auf der ganzen Sohle landenden Schritts aufgefallen, eine Art der Fortbewegung, die ich häufig an alten Männern beobachtet habe, von denen ich annahm, daß sie es aus ihren jüngeren Jahren gewohnt waren, sicher und, wie meine Mutter sagen würde, forsch aufzutreten; Männer, die anderer Menschen Chefs gewesen waren, Chefärzte oder Chefkassierer oder Chefingenieure, Chefs überhaupt, die von ihren Untergebenen oder selbst von ihren Familien auch so genannt worden waren. Männer, die es sich auch im Alter, wenn das Gehen ihnen bereits schwerfiel, versagten, mit den Füßen über das Pflaster zu schlurfen, sondern sie mit der letzten Kraft ihrer steifen Knochen aus den Kniegelenken anhoben, um sie ein paar Zentimeter weiter wieder auf die Erde fallen zu lassen.

Mit diesem, zu Mutmaßungen über seine Vergangenheit anregenden Schritt näherte sich Beerenbaum, eine Zeitung unter dem Arm, langsam dem Café, als ich im Spätsommer des vergangenen Jahres dort saß, einen Tee mit Zitrone trank und unkonzentriert in einem Buch las. Im Eingang blieb er stehen, schaute sich um und kam dann, obwohl in der rechten Ecke ein Tisch frei war, zu mir und fragte, ob er sich setzen dürfte. Ich hatte einige Male zuvor beobachtet, wie er das Gespräch mit Fremden gesucht hatte. Offensichtlich ging er nur in das Café, um sich mit Fremden zu unterhalten, wobei mir aufgefallen war, daß er seine zumeist jugendlichen Gesprächspartner innerhalb weniger Minuten in Zuhörer verwandelte, die mit dem hilflosen Lächeln von Übertölpelten seinen eindringlichen, von heftigen Gesten begleiteten Reden folgten.

Ich war gespannt, auf welche Weise er versuchen würde, die Unterhaltung mit mir zu eröffnen, und

widmete mich, um ihm die Aufgabe zu erschwe-
ren, demonstrativ meiner Lektüre, bewegte die
Augäpfel, als ließe ich sie den Zeilen folgen, blätterte hin und wieder eine Seite um, ohne mehr
wahrzunehmen als das Geflimmer der Buchsta-
ben. Alle meine Sinne, außer den Augen, richtete
ich auf den Mann neben mir, der mich fest in
seinem Blick hielt, um mich, sobald ich die Augen
von der Buchseite lösen würde, damit zu
packen.

Er bestellte beim Kellner ein Stück gedeckte
Apfeltorte mit Schlagsahne, seine Zeitung lag un-
geöffnet auf dem Tisch. Je länger das Schweigen
zwischen uns dauerte, um so drängender fühlte
ich mich von ihm befragt, warum ich ihm das Gespräch verweigerte, bis ich schließlich selbst nicht
mehr wußte, weshalb ich es dem alten Mann so
schwer machte, obwohl ich doch neugierig auf ihn
war. Ich fand ihn nicht sympathisch mit seinen
scharfen, abwärts zeigenden Mundwinkeln, durch
die seine Lippen wie durch Kommata begrenzt
wurden, mit den borstigen Brauen über den
Augen, deren Ausdruck mir immer gleich, un-
beeindruckbar, erschienen war, sooft ich den
Mann gesehen hatte.

Dem Umstand, daß der Mann mir nicht gefiel,

maß ich wenig Bedeutung bei. Alte Männer waren mir fast immer unsympathisch, und von den wenigen liebenswürdigen, die ich in meinem Leben getroffen hatte, erinnerte ich jeden einzelnen. Meine Abneigung wurde durch bestimmte optische und akustische Signale aktiviert, zu denen dieser tappende, auf ehemalige Bedeutung verweisende Gang gehörte, eine lärmende Jovialität im Umgang mit dienenden Berufsgruppen wie Verkäuferinnen oder Kellnern, denen, wie dem Hofhund ein Knochen, mit falscher Stimme ein peinlicher Witz zugeworfen wurde, über die eigene Ehefrau und das viele Geld, das sie in ihrer Verschwendungssucht ihn, den nun schon wieder gutlaunig Zahlenden, ein Leben lang gekostet habe; die lässige Vertraulichkeit, zu der die Stimme sich neigte, wenn sie »Stimmt so« sagte und ihr Besitzer, den Blick schon abgewandt, einen größeren Geldschein an die Tischkante schob. Mein Widerwille gegen solche und ähnliche Symptome männlichen Alters steigerte sich zur Feindseligkeit, wenn mein Ohr von einem bestimmten knarrigen und nörgelnden Ton getroffen wurde, einem Ton, in dem sich das uneinsichtige Quengeln eines Kindes mit rechthaberischer Gereiztheit mischte. Unbezähmbare Haßgefühle konnte ein solcher Ton in mir auslösen. Selbst wenn sein Verursacher mir fremd war und der Ton nicht mir galt, mußte ich mich beherrschen, um ihn nicht in kindischer Manier nachzuäffen. Einmal war es mir trotzdem passiert. In einer vollen Straßenbahn zeterte ein alter Mann mit seiner alten Frau, die er für die strapaziöse Fahrt verantwortlich machte. Unablässig schimpfte er mit seiner knarrigen gepreßten Stimme vor sich hin, während die Frau stumm neben ihm stand und unter den niedergeschlagenen Lidern hervor mit hastigen kleinen Blicken nach links und rechts prüfte, ob die Mitfahrenden das Gezänk verfolgten. Der Mann wiederholte immerfort die gleichen Sätze, zwischen denen er gerade soviel Zeit ließ, daß die Frau ihre Widerrede hätte führen können, wären die beiden zu Hause in ihrer Küche gewesen und hätte der Frau die Peinlichkeit nicht den Mund verschlossen. Aber der Mann schien zu wissen, was die Frau ihm unter anderen Bedingungen geantwortet hätte, und so nahm er den verschwiegenen Widerspruch für gesprochen, wodurch er seine Wut ständig aufs neue belebte.

Ich stand hinter dem Mann und spürte deutlich, wie sein vor Wut vibrierender Körper die Luft zwischen uns in Schwingungen versetzte, die zuerst meine Haut, dann mein Fleisch durchdrangen, bis sie mein Herz erreichten, das in plötzlicher Empörung die Anzahl seiner Schläge verdoppelte, das Blut aufschäumte und durch die Adern jagte, so daß ich hören konnte, wie es hinter meinem Trommelfell brodelte. Und, wie die fremde Wut in mich eingedrungen war, drängte sie nun als die fremde quengelige Stimme des Mannes aus mir hinaus. Hab's doch gleich gewußt, hab's doch gleich gewußt, wiederholte ich papageienhaft seinen letzten Satz, erschrak über die eigene fremde Stimme und versteckte, als der Mann und die Frau sich ungläubig nach mir umsahen, die eben gesprochenen Worte hinter einem krächzenden Husten.

Der Kellner brachte die Apfeltorte und den Kaffee. Ich zündete mir eine Zigarette an, wobei ich scheinbar zufällig dem Alten meine Augen freigab. Wie ich erwartet hatte, genügte ihm dieser flüchtige Blick, um mich am Weiterlesen zu hindern.

Er erkundigte sich, ob das Buch, das ich gerade las, interessant sei, und als ich die Frage verneinte, wollte er wissen, warum ich mich ihm dann so aufmerksam widmete. Ich sagte, ich möge diesen Autor nicht, und so entschädige mich die Feststel-

lung, daß dem Mann wieder einmal etwas miß-
lungen war, für den ausbleibenden ästhetischen
Genuß.

Ohne daß ich an seiner Miene erkennen konnte,
ob er meine Einschätzung des Autors teilte, begann er, genüßlich seine Apfeltorte zu verspeisen,
wobei mir auffiel, daß er dafür nur seine linke
Hand benutzte, während er den rechten Arm gerade herabhängen ließ, so daß die Hand vom
Tischtuch verborgen wurde.

Ob ich beruflich mit Literatur zu tun habe, fragte
er.

Nein, sagte ich.

Ob er fragen dürfe, womit ich denn beruflich zu
tun habe.

Er dürfe fragen, sagte ich, und ich wolle ihm auch
antworten, nur werde ihm meine Antwort wenig
Aufschluß geben. Ich hätte in diesem Sinne keinen Beruf mehr, sondern lebte von Schreibarbei-
ten und anderen Dienstleistungen, die ich ausfüh-
ren könnte, ohne von meinem Kopf eine spezielle
Denkarbeit zu verlangen. Das schien ihn zu interessieren. Oder es weckte sein Mißtrauen. Er
schluckte an seiner Apfeltorte und beobachtete
mich dabei. Ich erwartete, daß er mich etwas fragen würde, und da er schwieg, begann ich, ohne

es wirklich zu wollen, zu erklären, was es mit meinem Vorsatz auf sich hatte. Bestimmte Ereignisse in meinem Leben, sagte ich, haben mich davon überzeugt, daß es eine Schande ist, für Geld zu denken, und in einem höheren Sinne ist es sogar verboten.

*

Vor einem halben Jahr war mir tatsächlich über Nacht eine Erkenntnis aufgegangen und stand am Morgen unübersehbar wie die Sonne am Himmel meiner banalen Existenz, so daß ich mich fragte, wo sie sich vorher hatte verstecken können; die Einsicht, daß ich mein einziges Leben tagtäglich in die Barabassche Forschungsstätte trug wie den Küchenabfall zur Mülltonne. Am Abend hatte ich eine der Katzen getroffen, die in dem Gartengeviert unseres Häuserblocks lebten, sechs oder sieben schwarzweiß gefleckte Katzen, deren Verwahrlosung in dem Maße zunahm, wie die schwarzen Flecken in ihrem Gesicht eine Maske des Bösen assoziierten. Eine von ihnen trug den Fleck über einem Auge und sah aus wie ein Straßenräuber. Sie war mager und scheu, ihr Fell gelb verstaubt von der Asche in den Mülltonnen, wo sie ihr Futter suchte. Eine andere hatte schwarze

Flecke um beide Augen und erinnerte an einen Pandabären. Sie war der Liebling der Straße und verbrachte die meiste Zeit vor dem offenen Küchenfenster der Eckkneipe, durch das der Koch ihr ab und zu ein Stück Fleisch oder Fisch zuwarf. Der pandabärähnlichen Katze begegnete ich auf dem Heimweg von der Barabasschen Forschungsstätte. Die Kneipe hatte Ruhetag, und die Katze, offenbar hungrig, folgte mir bis in meine Wohnung. Ich schnitt ein Paar Würstchen in kleine Stücke, goß Milch in eine Schale und stellte ihr beides in die Küche. Sie fraß ruhig, trank die Milch, strich mir zum Zeichen des Dankes einige Male um die Füße und setzte sich dann vor die Wohnungstür, den Blick unverwandt auf die Klinke gerichtet, bis ich ihr die Tür öffnete.

Die Würstchen hätten mein Abendessen sein sollen. Im Kühlschrank lagen nur noch zwei Zitronen und ein Zipfel Leberwurst. Das Brot war verschimmelt, und die Geschäfte hatten geschlossen. Ich fand einen Brühwürfel und Fadennudeln, woraus ich mir eine Suppe rührte. Eher aus leichtfertiger Gewohnheit als ernsthaft dachte ich, man müßte eine Katze sein. Beim Suppekochen so dahingedacht: eine Katze sein, statt dieses Hundeleben zu führen, irgendwo seine Nahrung holen, sich höflich bedanken und dann zu seinesgleichen ziehen und tun, wozu man Lust hat. Ich sah aus dem Küchenfenster. Sechs schwarzweiße Katzen saßen im Kreis auf dem Rasen und sahen einander an. Darin schien Sinn für sie zu liegen. Sie saßen da für nichts. Wenn ich in meinem acht Quadratmeter großen Zimmer in der Barabasschen Forschungsstätte saß und mir einredete, ich interessierte mich für die zweite Parteikonferenz der sächsichen Kommunisten im Jahr 1919, saß ich da für Geld. Die Parteikonferenz hatte mich zu interessieren für Geld, das ich für Würstchen ausgab, die ich an Katzen verfütterte, damit diese am Abend auf dem Rasen sitzen konnten für nichts als für das Dasitzen, während ich allein hinter dem Küchenfenster saß, die salzige Brühe löffelte und morgen früh, pünktlich fünf Minuten nach sieben, wieder das Haus verlassen würde, um von sieben Uhr fünfundvierzig bis siebzehn Uhr in der Barabasschen Forschungsstätte unter der Bewachung von Barabas und seinen Knechten nachzudenken für Geld. Was ich anfangs nur achtlos und mißmutig vor mich hin gedacht hatte – man müßte eine Katze sein –, erwies sich, sobald ich mich dem Sog dieser Vorstellung überließ, als eine Wahrheit von empörender Absurdität.

Jeden Tag sperrte ich mich freiwillig in einen Raum, der seiner Größe nach eher eine Gefängniszelle war und den man mir ebenso zugeteilt hatte wie das Sachgebiet, dem ich acht Stunden am Tag meine Hirntätigkeit widmen mußte. Sie, Kollegin Polkowski, haben wir für die Entwicklung der proletarischen Bewegungen in Sachsen und Thüringen vorgesehen, hatte Barabas gesagt, als ich ihm vor fünfzehn Jahren zum ersten Mal an seinem Schreibtisch gegenübersaß. So war es: Nicht mir wurde das Sachgebiet zugeteilt, sondern ich dem Sachgebiet und auch dem Zimmer. Stürbe ich, würde es das Sachgebiet und das Zimmer immer noch geben, so wie es sie vor mir gegeben hatte; ein anderer würde ihnen zugeteilt werden, der, wie ich, die einzige Fähigkeit, die ihn von einer Katze unterschied, die Gabe des abstrakten Denkens, an einem kleinen Sachgebiet verschleißen würde, um von dem Geld, das er dafür bekäme, sein kreatürliches, von einem Katzendasein wenig unterschiedenes Überleben zu sichern.

Wenn ich nicht zu jenen gehören durfte, denen es der Herr im Schlafe gab, wollte ich, was mich von diesen unterschied, wenigstens für mich behalten. Wie kam ich, ein frei geborener Mensch, dazu,

mich ein Leben lang ausgerechnet Barabas zu unterwerfen, einem gewöhnlichen, graumelierten
Familienvater, den nur sein unentwickelter Wider-
spruchsgeist, verbunden mit despotischer Pedan-
terie, zur Beförderung empfohlen hatte. Ich sah
mir gleichzeitig zwei Filme im Fernsehen an,
einen Western und einen Serienkrimi im gerech-
ten Wechsel, und immer wieder, besonders, wenn
ein Tier durchs Bild lief, dachte ich an die Katze
und daran, welche Vorteile ihr Leben im Ver-
gleich zu meinem bot. Alles sprach für die
Katze.
Die Nacht umgab mich wie ein schalldichter Bun-
ker. Niemand würde mich ansprechen wollen bis
zum Morgen, und niemand würde sich ansprechen lassen. Auf mich warteten mein Zimmer
und mein Sachgebiet im Dunkel der Barabasschen Forschungsstätte. Nichts an meinem Leben
erschien mir noch vernünftig.
Am Morgen stand ich nicht auf. Ich blieb liegen,
sah zu, wie die Sonne über unserer Straße aufstieg
und sich durch das Laub der Bäume vor meinem
Fenster drängte, bis auf mein Kissen. Ich schob
meinen Kopf in den Sonnenfleck und schloß die
Augen. Ich sah mein Blut in meinen Augenlidern,
so rot wie Katzenblut. Langsam, wie zufällig, ord-

nete sich ein Satz in meinem Kopf: Ich werde nicht mehr für Geld denken. Den Rest des Tages verbrachte ich im Bett.

*

Der alte Mann verschloß sich den Mund mit einem Stück Apfeltorte, was mich verwunderte, da ich ihn ja nur als den Redenden, nie als den Zuhörenden erlebt hatte. Ich ärgerte mich, weil ich meine überlegene Position so schnell verloren hatte, obwohl ich die Gefahr kannte, die von alten Männern wie diesem für mich ausging. Ich lieferte ihnen ab, was sie von mir erwarteten, ehe sie Zeit gehabt hätten, es von mir zu verlangen. Das war einer der Gründe, vielleicht der wichtigste, warum ich sie verabscheute. Er lehnte sich zurück und schloß die Lider, als wollte er sich sonnen. Es war die Haltung, in der er nachdachte, das wußte ich erst später. Ich griff nach meinem Buch.

Warten Sie, sagte er und wandte sich mir wieder zu, ich habe schon mit vielen jungen Leuten gesprochen, aber etwas so Abartiges hat mir noch niemand erzählt.

Ich bin nicht jung, sagte ich.

Mag sein, sagte er, aber im Verhältnis zu mir sind Sie jung.

Das stimmte, und angesichts seines Alters, fand ich, hätte er meine uneitle Selbsteinschätzung entschiedener zurückweisen können.

Sie denken also nicht für Geld, aber Sie denken. Und davor haben Sie Ihr Geld durch Denken verdient, fragte er und konnte, obwohl er sich um Beiläufigkeit in der Stimme bemühte, nicht verbergen, daß er plötzlich gezielt fragte.

Ich nickte, und ehe er weitersprechen konnte, fragte ich ihn, womit er sein Geld verdient habe. Oder noch verdiene, fügte ich aus Höflichkeit hinzu.

Seit vierzig Jahren nur durch seine Arbeit, sagte er und begleitete die letzten beiden Worte durch mehrmaliges starkes Klopfen gegen seinen Stirnknochen.

Ich traute meiner Fähigkeit, in den Gesichtszügen und Gesten der Menschen zu lesen, einiges zu. Bezüglich dieses Mannes hegte ich seit langem einen Verdacht, zunächst nur genährt durch seinen auffälligen Gang und seine Sucht, auf junge Leute einzureden. Seine Hände – ich setzte voraus, daß die rechte der sichtbaren linken nicht unähnlich war – bestärkten mich in meiner Vermutung: große, ausgeprägte Hände, die annehmen ließen, sie hätten schon in ihrer Wachstumsphase

Steine greifen und Axthiebe austeilen müssen, denen nun aber schon lange keine grobe Verrichtung mehr zugemutet wurde, so daß ihre kräftige Anatomie zu der zarten, wenn auch welken Haut einen auffälligen, meine Phantasie provozierenden Kontrast bildeten. Vor allem inspirierte mich sein Gesicht, ein mir vertrauter und ebenso verdächtiger Ausdruck darin, der, wollte man dem Träger des Gesichts wohl, als stolz, selbstbewußt und willensstark gelten konnte, anderenfalls als anmaßend und borniert. Dazu eine Müdigkeit zwischen Augen und Kinn, die weniger vom Alter gezeichnet schien als von Ekel und Abwehr.

Männer mit diesem Ausdruck im Gesicht waren mir in jeder meiner Lebensphasen begegnet. Es war auch das letzte Gesicht meines Vaters. Ich war mir meiner Sache fast sicher. Zudem trieb es mich, den Alten durch mein heimliches Wissen um ihn zu verunsichern und ihm so die Vormacht in unserem Gespräch, die ihm, begünstigt durch meine Verhaltensstörung gegenüber alten Männer, kampflos zugefallen war, wieder streitig zu machen. Darf ich Ihre Biografie raten, fragte ich. Er tat erstaunt. Aber bitte, wenn Sie sich das zutrauen.

Aus kleinen Verhältnissen, sagte ich, wahrscheinlich Kind eines Arbeiters, Mutter Hausfrau.

Volksschule. Erlernter Beruf Dreher oder Maurer, vielleicht Zimmermann. Mit achtzehn oder neunzehn in die Kommunistische Partei eingetreten. Nach 33 Emigration oder KZ. Nein, KZ nicht, dachte ich, seinem Gesicht fehlte die endgültige Irritation, die ich an anderen Überlebenden gefunden hatte. Wahrscheinlich Emigration, sagte ich. Er schien mir nicht zu denen zu gehören, die sich in Frankreich oder Amerika durchgeschlagen hatten, die sahen anders aus. Entweder hatten sie schon vorher anders ausgesehen, oder infolge ihres Aufenthalts. Den Mann an meinem Tisch siedelte ich in Moskau an, vielleicht sogar in dem berüchtigten Hotel Lux, der Moskauer Herberge für Kommunisten aus aller Welt und für viele von ihnen die Todesfalle. Emigration in die Sowjetunion, sagte ich, zeitweilig untergebracht im Hotel Lux. 1945 Rückkehr. Danach wichtige Funktionen, wo immer die Partei Sie brauchte.

Als ich das Hotel Lux erwähnte, lächelte er, als habe er mich bei einer Mogelei ertappt. Sie wissen, wer ich bin, sagte er eitel oder enttäuscht.

Ich beteuerte, nicht mehr über ihn zu wissen, als er selbst durch seine Erscheinung mitteilte, konnte aber, da er an so viel Hellsichtigkeit nicht glauben wollte, seine Zweifel nicht tilgen. Übrigens hätte ich mich in einem Punkt geirrt, sagte er, nicht mit achtzehn oder neunzehn sei er Kommunist geworden, sondern mit siebzehn.

Ärgerlich griff er nach der Kuchengabel, um die letzten Krümel der Apfeltorte vom Teller zu pikken. Entweder glaubte er, ich hielte ihn zum Narren, oder er fühlte sich unbehaglich, weil er sich meine bescheidene Kenntnis seiner Biografie nicht erklären konnte. Und obwohl ich ihm gegenüber jetzt unbestreitbar im Vorteil war, gelang es mir nicht, die Spielregeln zu bestimmen. Er war verärgert, und ich mußte ein versöhnliches Angebot machen, wenn ich noch erfahren wollte, warum der Mann seine Bekanntheit voraussetzen durfte. Ich entschied mich für die direkte Frage, gestützt durch ein offenes Lächeln und eine herzliche Stimmlage. Ob er mir, da er offenbar eine bekannte Persönlichkeit sei, bitte seine Identität offenbaren wolle, fragte ich, als Magierin sei ich eine stümperhafte Dilettantin, der die wirklichen Geheimnisse verschlossen blieben.

Er legte die Kuchengabel aus der Hand, lehnte sich zurück und sagte, nicht ohne ein triumphierendes Glimmen in den Augen: Mein Name ist Beerenbaum, Herbert Beerenbaum.

Professor Herbert Beerenbaum, fragte ich.

Statt zu antworten, reichte er mir eine Visitenkarte. Er suche für zwei Tage in der Woche eine Schreibkraft, garantiert keine Kopfarbeit, zahlen könne er fünfhundert Mark im Monat. Er würde sich freuen, wenn ich das übernähme. Er habe den Auftrag, seine Memoiren zu schreiben, und ich sähe ja selbst ... Er zog seine rechte Hand aus ihrer Verborgenheit, sie zitterte willenlos am Handgelenk. Dann legte er das abgezählte Geld für Apfeltorte, Sahne und Kaffee auf den Tisch und ging. Was ihn bewogen hat, mir das Angebot zu unterbreiten, ob meine Behauptung, nicht mehr für Geld denken zu wollen, oder meine rätselhafte Kenntnis einiger seiner Lebensumstände, habe ich auch später nicht ergründen können.

Meine Geldnot allein hätte nicht ausgereicht, mich Beerenbaum als Ersatz für seine tremorgeschüttelte rechte Hand zur Verfügung zu stellen und ihm zu dienen, diesem Professor Beerenbaum, der noch vor drei Jahren ein mächtiger Mann an der Seite anderer mächtiger Männer gewesen war, dem man nachsagte, er sei zu seiner Zeit – und es war wahrhaftig seine Zeit – ein glänzender Rhetoriker und unnachgiebiger Stalinist gewesen. Zwar vermutete ich, daß sein Alter und der Lauf der Zeit seine Ansichten gemildert hat-

ten, daß seine Rhetorik ähnlich wie die Schleim-
haut seiner Kehle inzwischen vertrocknet und seine Unnachgiebigkeit mit der Verkalkung des
Rückgrats brüchig geworden war, so, wie seine
Macht mit dem Tod seiner Generation langsam
ins Vergessen sank. Trotzdem blieb er der Mann
Beerenbaum, und ich fragte mich, was ihn bewog,
ausgerechnet mir diese Arbeit anzutragen. Gewiß
hätte er keine Schwierigkeiten gehabt, sich eine
Schreibkraft aus einem beliebigen Institut zutei-
len zu lassen, die er nicht einmal selbst hätte be-
zahlen müssen. Warum sollte gerade ich, die ich
mich aus der Welt des Nutzens und der Ziele endgültig zurückgezogen hatte, mit meiner Hand seine Erinnerungen niederschreiben.
Wahrscheinlich war er ein polemischer Charakter,
der seine Gedanken nicht um ihrer selbst willen,
sondern nur im Widerspruch zu anderen artiku-
lierte, und der hoffte, daß ich ihm als Spiegel dienen würde für seine Spiegelfechtereien, als Torero,
der, die rote Mantilla schwingend, vor ihm tänzeln und den Stier in ihm in Kampfeslust verset-
zen würde; und der, wenn er merkte, daß ich
weder spiegeln noch tänzeln wollte, seine fünfhundert Mark doch nützlicher anlegen und mit einer
staatlich finanzierten Sekretärin vorliebnehmen

würde. Oder der Mann war geläutert und wollte etwas gutmachen. Aber nicht einmal ein gläubiger Christ, der an die Vergeltung guter Taten glaubte, schon gar nicht ein Atheist wie Beerenbaum konnte annehmen, es ließe sich etwas gutmachen, indem er mich, ein Nichts und Niemand in seinen Augen, für fünfhundert Mark im Monat anstellte.

*

Beerenbaums Beisetzung war für zwei Uhr angesetzt. Ich war wegen der Kälte schnell gelaufen und stand eine Viertelstunde zu früh vor dem Friedhofsportal. Scharen alter Leute, Grabgebinde aus künstlichen Blumen oder Sträuße in den Händen, zogen über die Friedhofsallee zur Kapelle. Ein müder, altersschwacher Demonstrationszug zu Beerenbaums Ehren. Ich zog es vor, die verbleibende Zeit außerhalb des Friedhofs zu verbringen, um mir die peinliche Bedrückung zu ersparen, die von wartenden Trauergemeinden ausgeht. Eine triste Straße, in der nichts zu sehen war außer der Friedhofsmauer, die erst endete, wo die Straße in einem rechten Winkel nach Schönholz abbog und wo ein Stück der anderen, der einzigen, wirklichen Mauer jäh herumstand und sich ein paar hundert Meter weiter hinter Häuserfassaden wieder verlor. Ich hatte lange überlegt, ob ich zu Beerenbaums Beisetzung gehen sollte, ob meine Anwesenheit nicht als unpassend, sogar als Provokation empfunden werden könnte und welche Gründe dafür sprachen, solche Verdächtigungen auf mich zu nehmen.

Vor einem Jahr hatte ich den Mann noch nicht gekannt, nur seinen Namen wie andere Namen, die oft in den Zeitungen standen. Dann war er in mein Leben eingebrochen wie die Pest. Ich brauchte den Abschied. Ich hatte ihn sogar im Krankenhaus besucht, weil ich hoffte, das Furchtbare zwischen ihm und mir ließe sich in letzter Minute begütigen, auslöschen als Irrtum. Beerenbaum hatte in einem besonderen Viertel gewohnt, er wurde in einem gesonderten Teil des Friedhofs begraben, und natürlich lag er auch in einem besonderen, der Allgemeinheit verschlossenen Krankenhaus, in dem es nicht einmal roch wie in gewöhnlichen Krankenhäusern. Um sein Bett hatte man ein halbhohes Gitter angebracht. Darin, wie in einem Kinderbett, lag der geschrumpfte Beerenbaum; der Mensch erkennbar als sein verschlissenes Material: die gallertartige Substanz der Augen, deren Rundung die Höhlen freigaben, die Haut als Pergament, schon losgelöst vom

Fleisch, das blaue Geäder hinter den transparenten Schläfen, die Schädelknochen, die sich durch die schlaffe Haut drängten und als das Gesicht des Todes schon sichtbar waren unter dem, das Beerenbaum im Leben gehört hatte. Man hatte ihm sein Gebiß weggenommen, wahrscheinlich, damit er im Fall einer Ohnmacht nicht daran erstickte. Mit seinen einwärtsgestülpten Lippen versuchte er zu lächeln, als ich die Blumen auf seinen Nachttisch legte. Er lebte kaum noch, und es war unmöglich, ihn zu hassen.

Ich wollte mich auf den Stuhl neben seinem Bett setzen, aber er klopfte mit der flachen Hand auf die Bettkante und gurgelte einen Satz, der bedeuten konnte: Komm hierher. Ich dachte, daß auch er zum Abschied die Versöhnung wollte, und fühlte mich erleichtert. Vorsichtig, weil ich fürchtete, diesem wunden Körper durch die kleinste Erschütterung Schmerzen zuzufügen, setzte ich mich auf die Bettkante. Es täte mir alles furchtbar leid, sagte ich, auch daß ich ihm das Leben so schwergemacht hatte in den Monaten, die wir uns kannten. Ich könne manche Nacht nicht schlafen, weil ich befürchtete, seinen Infarkt mitverschuldet zu haben. Das war gelogen. Ich hatte keine Minute seinetwegen nicht geschlafen. Und in diesem

Augenblick schämte ich mich dafür. Ich hätte in dieser Stunde alles zurückgenommen, was ich ihm in sadistischer Lust und Eiferei je vorgeworfen hatte, das Gemetzel im Hotel Lux, den Machtrausch hochgekommener Proletarierkinder, ihre Angst vor allem, was sie nicht verstehen konnten und darum verboten. Jeden Satz hätte ich, jetzt, da er starb, zurückgenommen für einen versöhnlichen Abschied. Wäre nicht plötzlich Beerenbaums Hand auf mich zugekommen wie ein gieriges weißhäutiges Tier.

Aus dem Fenster des Wachturms, der hinter der Mauer aufragte, sah ein Soldat durch ein Fernglas in meine Richtung. Ich fühlte mich beobachtet und kehrte um. Vor dem Friedhof hatten inzwischen zwanzig oder dreißig Autos geparkt, darunter mehrere schwarze Limousinen und das karmesinrote Auto von Michael Beerenbaum. Ich verbot mir, an Beerenbaums Hand zu denken. Ich war hier, weil ich den Abschied brauchte, weil ich wissen mußte, daß er wirklich begraben war und weg von dieser Welt. Ich mußte wissen, ob jemand um ihn weinte, und wer das war, der um ihn weinte.

*

34

Ich hatte mir für den Sommer viel vorgenommen und nichts davon geschafft. Das Klavier stand graziös und nutzlos in der Ecke. Jeden Tag setzte ich mich davor, öffnete den Deckel, spielte den Flohwalzer, zweihändig, aber nur das erste Drittel, und klappte den Deckel wieder zu. Es war das Klavier, das der Graf seiner Braut Tsugiko zugedacht hatte und das seit fünf Jahren, in Decken gehüllt, der Feuchtigkeit und den Temperaturschwankungen eines Kohlenkellers ausgesetzt gewesen war, bis der Graf, zwei Jahre ohne Nachricht aus Kioto und demzufolge ohne Hoffnung auf Tsugikos Ankunft und seine Vermählung mit ihr, sich entschloß, das Instrument mir zur Nutzung zu überlassen. Nur für den Fall, daß Tsugiko eines Tages doch noch, bei dem Gedanken brach dem Grafen die Stimme, nun, ich wüßte schon, nur in diesem Fall müßte er mich bitten, es zurückzugeben.

Zu den großen unerfüllten Wünschen meiner Kindheit gehörte ein Klavier, vor allem aber die Fähigkeit, darauf zu spielen. Da ich, seit ich das Barabassche Institut für immer verlassen hatte, über alle Zeit meines Lebens verfügte, nahm ich mir vor, das Klavierspiel zu erlernen, soweit mein Alter und mein, wie ich befürchtete, geringes

Talent es zuließen. Zwei Etagen über mir wohnte Thekla Fleischer, staatlich geprüfte Klavierlehrerin, eine Frau von unbestimmtem Alter und ebenso unbestimmter, weil immer durch weite Gewänder von historischer Eleganz verhüllter Körperlichkeit. In den zehn Jahren, die ich sie kannte, hatte ihr Gesicht nichts von seiner nonnenhaften Jugendlichkeit eingebüßt, nur die Brillengläser vor den ewig feuchten Augen waren mit den Jahren dicker geworden. In diesem Sommer aber veränderte sich Thekla Fleischer auf wundersame Weise. Traf ich sie im Vorgarten unseres Hauses, rief sie mir auch bei strömendem Regen zu: Welch ein wunderschöner Tag heute, während sie mit kurzen Schritten, die einem geträllerten Morgenliedchen zu folgen schienen, eilig an mir vorüberhüpfte. Thekla Fleischer trug plötzlich enge Röcke oder sogar Jeans, als hätte ihr jemand gesagt, ihre Breithüftigkeit sei das Schönste an ihr. Kurz darauf ließ sie sich in ihre glatten Haare, die sie, solange ich sie kannte, in einem kunstlosen Knoten getragen hatte, eine krause Dauerwelle brennen, so daß ihr graues Haar um den Kopf herumstand wie eine Pusteblume. Thekla Fleischer tat all die unsinnigen Dinge, die Leute tun, wenn sie verliebt sind. Obwohl ich mir nicht

36

vorstellen konnte, welcher Mann die Reize von Thekla Fleischers später Jungfräulichkeit erkannt haben sollte, ließ sich ihre so lächerliche wie rührende Veränderung nicht anders erklären, als daß ein solcher in ihr Leben getreten war, und ich hielt es für taktlos, ihr Glück zu stören, indem ich ihr zumutete, mich in den Anfängen des Pianospiels zu unterrichten. Hätte ich mich darin nur vervollkommnen wollen und hätte ich sie durch den Vortrag von Beethovens »Elise« oder Liszts »Liebestraum« in ihren Gefühlen bestärken können, wäre mir eine solche Bitte möglich erschienen. Aber »Hänschen klein« oder »Fuchs, du hast die Gans gestohlen« mußten für Thekla Fleischers Liebe, die vielleicht die einzige in ihrem Leben war, eine Folter sein.

Außerdem hatte ich mich in diesem Sommer mit den Rezitativen aus »Don Giovanni« befassen wollen. Im Radio hatte ich gehört, daß sich »Don Giovanni« nur italienisch singen ließe, weil es an einer guten deutschen Übersetzung mangelte, wobei das größte Problem die Rezitative darstellten, die in dem vorgegebenen musikalischen Rhythmus als unübersetzbar galten. Das brachte mich auf die Idee, mich diesem Problem zuzuwenden. Ich konnte nicht Italienisch, mochte Opern nicht und wußte über Rezitative nur, welche Teile einer Oper so genannt wurden. Da ich annahm, daß alle Menschen, die sich vergeblich an der Übersetzung der »Don Giovanni«-Rezitative gemüht hatten, Italienisch konnten, Experten für Mozart-Opern waren und alles über die Rezitative und ihre Unübersetzbarkeit wußten, schien mir meine Unvoreingenommenheit eine glückliche Voraussetzung dafür zu sein, auf einem ungewöhnlichen Weg das Unmögliche doch zu zwingen. Dabei hoffte ich auf mein Talent, anderer Leute Sprachmelodien in ihren Besonderheiten präzise zu erfassen und sie für jeden erkennbar nachzuahmen. Wenn es mir gelänge, die italienischen Rezitative in ihrer sprachlichen und musikalischen Verbindung als Klangeinheit zu begreifen, müßte ich, unbeeindruckt durch Vorbilder und Regeln, eine deutsche Version finden können. Sollte auch ich scheitern wie meine Vorgänger, wäre ich in jedem Fall eingeweiht in das nur wenigen Kennern vorbehaltene Geheimnis der Unübersetzbarkeit der »Don Giovanni«-Rezitative. Der Erfolg wie der Mißerfolg erschienen mir gleichermaßen verlockend, zumal mein Interesse ausschließlich spielerischer Natur war, unverdorben durch professionellen Ehrgeiz oder durch Zwang.

Ich begann noch im Frühjahr mit der Beschaffung der Arbeitsmaterialien, wozu eine Schallplattenaufnahme der gesamten Oper gehörte, ein zweisprachiges Libretto, eine Partitur und ein italienisches Wörterbuch. Am Ende des Sommers fehlten mir die Partitur, das Wörterbuch, die italienische Fassung des Librettos, eine deutsche Ausgabe hatte ich antiquarisch erstanden. Ich hätte Bruno fragen können, er wußte alles über Mozart, selbst wenig bekannte Kompositionen konnte er, wenn er sie im Radio hörte, nach einigen Takten identifizieren, einschließlich der Registratur im Köchelverzeichnis. Und da Bruno es nicht ertragen könnte, »Don Giovanni« in deutscher Übersetzung zu hören, ohne anschließend, am besten gleichzeitig, die Texte zu vergleichen, Felsenstein aber vor einigen Jahren »Don Giovanni« in deutscher Sprache inszeniert und Bruno die Vorstellung einige Male besucht hatte, ließ sich mit großer Wahrscheinlichkeit annehmen, daß er im Besitz aller Utensilien war, die ich für mein Vorhaben benötigte.

Trotzdem fragte ich Bruno nicht. Ich wollte mir mein Vergnügen nicht ruinieren lassen, und Bruno hätte es ruiniert, das wußte ich genau. Obwohl er Italienisch verstand, den »Don Giovanni« auswendig kannte, obwohl er Partituren lesen konnte und seit seiner Kindheit Klavier spielte, hätte er selbst es nie gewagt, Hand anzulegen an die »Don Giovanni«-Rezitative. Er verachtete Dilettanten nicht nur, er hielt sie für gefährlich. Aus Furcht, ein Dilettant zu sein, beschränkte sich Bruno in seinen Genüssen ganz auf die Wahrnehmung. Er vermied es sogar, Briefe zu schreiben, denn jedes geschriebene Wort, sofern es ein Maß überschritt, das durch Telegramme und Auskünfte in Fragebögen gesetzt war, verlangte in Brunos Verständnis nach einem literarischen Gebrauch desselben, ein Anspruch, dem zu beugen er sich scheute, wodurch er selbst sich zu skriptiver Enthaltsamkeit verurteilte. Ebenso sang Bruno nicht, tanzte niemals, und auf seinen Notizzetteln hatte ich nie Zeichnungen gefunden, wie die meisten Menschen sie während langweiliger Sitzungen oder Telefongespräche gedankenverloren hinkritzeln.

Als ich Bruno in meinen Plan, das Klavierspiel zu erlernen einweihte, ließ er seinen Kopf bis auf die rechte Schulter sinken und sah mich lange an, als könnte er mich aus seinen nunmehr senkrecht übereinanderstehenden Augen besser erkennen. Dann richtete er seinen Kopf wieder auf und seufzte: Ach, Rosa, daß du auch so ein Mensch bist, der nicht mehr versteht, als er am eigenen Leibe erfahren hat. Warum hörst du nicht einfach Klavierkonzerte mit Rubinstein oder Glenn Gould, statt selbst herumzustümpern. Es waltet das reine Besitzdenken. Nur was man in den eigenen Händen hat, gehört einem. Greifen, statt zu begreifen. Schade, Rosa.

Ich konnte mir denken, wie Bruno meinen Angriff auf die »Don Giovanni«-Rezitative kommentieren würde, und zog es vor, die verschiedenen glücklichen Zufälle abzuwarten, derer es bedurfte, um mit meiner Arbeit zu beginnen.

Da aus dem Klavierspiel und den »Don Giovanni«-Rezitativen nichts geworden war, hätte ich mich auf mein drittes Projekt konzentrieren können. Die Werkausgabe Ernst Tollers leuchtete signalrot aus meinem Bücherregal. Aber an keinem Tag fühlte ich mich stark genug, mich endlich der Frage zu stellen, die ich vor Jahren bei Toller gelesen hatte und die sich damals, heimlich wie eine Küchenschabe, in meine Hirnwindungen geschlichen hatte, wo sie sich seitdem, resistent gegen Tilgungsversuche, stetig vermehrte.

Muß der Handelnde schuldig werden, immer und immer? Oder, wenn er nicht schuldig werden will, untergehen?

Auf Ernst Toller war ich gestoßen, als ich an der Barabasschen Forschungsstätte eine Arbeit über die Münchener Räterepublik zu schreiben hatte. Es war weniger seine Dichtung, die mich faszinierte, als das Verhängnis, das ihm angeboren schien und dem er unentrinnbar ausgeliefert war bis zu seinem Tod im Hotel Mayflower in New York, wo er sich mit dem Gürtel seines Bademantels erhängte. Ich wußte nicht, warum ich mir ausgerechnet von dieser Lebensgeschichte Aufschluß versprach über meine eigene, aber es war so. Bruno meinte, meine Vorliebe für Toller sei ein Ausdruck meiner eigenen aktionistischen Sehnsüchte.

Dann könnte ich mich ebenso für Robin Hood interessieren, sagte ich.

Der wäre dir ja kein Trost, sagte Bruno. Toller ist ein Trost, weil er gescheitert ist.

Seit ich die Barabassche Forschungsstätte endgültig verlassen hatte, trieb es mich um. Ich fühlte mich geheilt und zugleich krank, wie ein Mensch sich fühlen mußte, dem man eine langsam wachsende Geschwulst aus dem Gehirn geschnitten hatte und der nun an der vom Tumor hinterlassenen Leere in seinem Kopf litt. Ohne die Operation wäre er gestorben, aber alle Krankheitssymptome, die er nach der Operation empfand, Schwindelgefühle, Koordinierungsschwierigkeiten, Orientierungslosigkeit, rührten von der Heilung, so daß dem Menschen, wenn es ihm besonders übel erging, Zweifel kamen, ob die Operation wirklich nötig gewesen war, da er sich davor doch besser gefühlt hatte.

Ich hielt für möglich, daß Bruno recht hatte mit seinem Verdacht, ich suchte in Tollers Leben nur Trost gegen die Untätigkeit, zu der ich mich verurteilt hatte, aber mich ärgerte der nachsichtige Ton, in dem er über meine aktionistischen Sehnsüchte sprach, als handelte es sich dabei um ein drittes Auge oder einen Klumpfuß, auf jeden Fall um eine angeborene Abnormität.

Ernst Tollers gesammelte Werke blieben unberührt im Bücherregal. Ich verbrachte fast den ganzen Sommer auf dem Lande. Das Haus in einem nahezu ausgestorbenen Dorf nahe der polnischen Grenze hatten Bruno und ich vor sechs Jahren gekauft und auch nach unserer Trennung behalten.

*

Als ich Beerenbaum im Café traf, war ich gerade einige Tage wieder in der Stadt. Bei meiner Ankunft war ich vor dem Haus Thekla Fleischer begegnet, die, ein törichtes Lächeln um den Mund, in ein Taxi stieg, dessen Fahrer, als wüßte er, was er Thekla Fleischers Gemütszustand schuldig war, mit quietschendem Getöse startete und aus der schmalen Straße schoß. Ich stellte mir vor, wie Thekla Fleischer mit klopfendem Herzen und allen anderen Attributen erregter Erwartung im Taxi saß und sich mit sechzig oder siebzig Stundenkilometern dem Objekt ihrer Liebe näherte. Wie sie ihre von der Aufregung beschlagene Brille vorsichtig von der Nase nahm und sie mit einem lila umhäkelten Taschentuch putzte. Sie lächelte dabei, und ihr war anzusehen, welche Mühe es sie kostete, dem Taxifahrer von ihrem Glück zu schweigen. Dann wühlte sie in der Handtasche, bis sie das kleine Fläschchen darin fand, und betupfte mit der duftenden Flüssigkeit noch einmal die Haut hinter ihren Ohrläppchen, wohl zum dritten oder vierten Mal, das Fläschchen war fast leer. Mit zittrigen Händen verschloß sie es wieder und ließ es sorglos in die Tasche zurückfallen.

Ich gönnte Thekla Fleischer das Glück, um dessentwillen sie sich der Lächerlichkeit so bedenkenlos hingab, auch wenn es meiner Lust, endlich das Klavierspielen zu erlernen, im Wege stand.

*

Die Frau in der Kittelschürze mit den lindgrünen Flügelärmeln, die mir die Tür geöffnet und mit einer Stimme, die dem Scheppern eines Blecheimers glich, nach dem Herrn Professor gerufen hatte, goß Beerenbaum den Kaffee ein, rührte zwei Würfel Zucker in die Tasse und legte ein Stück von der gedeckten Apfeltorte auf Beerenbaums Teller. Dann verließ sie wortlos das Zimmer.

Bedienen Sie sich, sagte Beerenbaum.

Beerenbaums Wohnzimmer ähnelte dem meiner Eltern. Die dunkelfurnierte Schrankwand mit Glastüren, hinter denen das Geschirr blitzte, die mit synthetischem Samt bezogene Polstergarnitur, die grobgewebte wollene Decke auf dem rechteckigen Tisch, der in dunklen Rottönen gehaltene Perserteppich, die schweren Vorhänge mit dem stilisierten Blumenmuster, alles war mir vertraut. Der bulgarische Wandteppich hatte das gleiche Muster wie der meiner Eltern, war aber größer. Und in die buntlackierte russische Holzpuppe, in deren dickem Bauch man immer die nächstkleineren Puppen fand, paßten neun andere, die alle in gerader Linie im Regal der Schrankwand standen. In die Puppe, die man meinem Vater geschenkt hatte, als er kurz vor seinem Tod mit einer Lehrerdelegation nach Leningrad hatte fahren dürfen, paßten nur vier.

Nur über dem Sofa hingen nicht, wie seit zwanzig Jahren im Wohnzimmer meiner Eltern, die Sonnenblumen von van Gogh, sondern ein postimpressionistisches Landschaftsgemälde, auf dem ein herbstlicher, verrostet wirkender Birkenwald unter einem wolkenlosen blauen Himmel zu sehen war.

Seit dem Tod meiner Frau habe ich hier nichts mehr verändert, sagte Beerenbaum.

Ich fragte, weil ich glaubte, es fragen zu müssen, wann seine Frau gestorben war.

Vor drei Jahren, sagte er, er habe gerade mit einem Schlaganfall gelegen und habe sie nicht einmal begraben können, nach über fünfzig Jahren, die sie einander angehört hatten.

Er sagte wirklich: einander angehört, und ich dachte, daß seine Frau vielleicht diese Worte gebraucht hatte. Er trug eine weinrote Strickjacke, unter der sich sein gekrümmter Rücken und die hängenden Schultern abzeichneten wie die Knochen unter dem Fell eines alten Tieres, und zum ersten Mal sah ich, wie gebrechlich er war. Mir fiel ein, daß mein Vater eine ähnliche Strickjacke getragen hatte und auch ähnliche Hausschuhe, bordeauxrote Lederpantoffeln, und ich dachte, daß ich in dieser Minute schon einmal herumgesessen habe und daß ich wissen müßte, wie das Gespräch weiterging, weil ich es schon einmal geführt hatte, aber ich wußte es nicht, ich wußte überhaupt nicht, was ich sagen sollte.

Seine rechte Hand lag zitternd auf seinem Oberschenkel und war anwesend wie eine dritte Person. Ich versuchte, das helle, wie in fortwährendem Abscheu sich schüttelnde Stück Fleisch nicht zu beachten, rührte lange die Milch in den Kaffee und wartete ab, entschlossen, über nichts zu sprechen, wonach ich nicht gefragt war. Er sagte das Übliche: Er sei sicher, wir würden miteinander auskommen, nur meine Fingerfertigkeit sei gefordert. Aber, selbstverständlich, wenn ich Kritisches anzumerken hätte, nur heraus mit der Sprache, er werde dankbar sein für jeden Hinweis, schließlich sei er kein Schriftsteller, und nur die Pflicht, künftigen Generationen ein Zeugnis zu hinterlassen, lasse ihn zur Feder greifen, haha, symbolisch natürlich, ich verstünde schon.

Er wollte also doch den Kopf. Mein Gedanke war weniger blutrünstig als der Satz, in den er schlüpfte. Einerlei, er wollte meinen Kopf, so oder so, und ich tat, als hätte ich das nicht bemerkt.

Nach dem Kaffee gingen wir in sein Arbeitszimmer, ein quadratischer Raum, durch eine mächtige Blutbuche vor dem einzigen Fenster zu ewiger Dunkelheit verurteilt. Er setzte sich an den Schreibtisch vor dem Fenster. Das spärliche Gegenlicht und die frühe Dämmerung reduzierten Beerenbaum auf seine Konturen, ähnlich den Pappfiguren auf Schießplätzen. Mir wies er den Platz an einem kleinen runden Tisch zu, auf dem die Schreibmaschine stand, ein monströses, Geschichte verströmendes Fossil der Marke »Rheinmetall«.

Es begann, wie ich es erwartet hatte. Beerenbaum stammte aus dem Ruhrgebiet, Vater Bergarbeiter, Großvater Bergarbeiter, Mutter strenggläubige Katholikin, Großmutter strenggläubige Katholikin. Beerenbaum wurde 1907 geboren, die Familie war arm. Alle Proletarierfamilien waren damals arm, meine auch. Mich interessierte nicht sonderlich, was Beerenbaum diktierte und was ich zunächst handschriftlich notieren mußte, um es ihm dann zur Korrektur vorzulesen. Obwohl ich sein Gesicht nicht sehen konnte, war ich sicher, daß Beerenbaum mich beobachtete. Ich bemühte mich, mein Desinteresse zu verbergen, ohne Interesse zu heucheln.

Es kam vor, daß Beerenbaum mich fragte, ob er dieses oder jenes Wort bevorzugen solle, worauf ich ihm immer unentschieden antwortete. Ich wisse es selbst nicht, oder beides sei möglich. Er nahm es hin.

An zwei Nachmittagen der Woche, am Dienstag und am Freitag, arbeitete ich seitdem für Beerenbaum. Pünktlich um drei Uhr klingelte ich an seiner Tür, die an jedem Dienstag von der Haushälterin geöffnet wurde und an jedem Freitag von Beerenbaum, da die Haushälterin freitags schon um ein Uhr nach Hause ging.

Unsere Zusammenarbeit, sofern meine Arbeit für ihn sich so nennen ließ, gestaltete sich fast harmonisch. Wenn ich davon absah, daß ich mich ständig durch Beerenbaum beobachtet fühlte, hielt er sich korrekt an unsere Vereinbarung. Ich hatte zu schreiben, sonst nichts. An jedem der Nachmittage diktierte er mir fünf Seiten, woraus ich folgerte, daß er sich an den übrigen Tagen der Woche mit der Disziplin eines Mannes, der es gewohnt war, seine Arbeit für wichtig zu halten, auf unsere Sitzungen vorbereitete. Nachträglich war ich froh, Beerenbaums Angebot angenommen zu haben. Obwohl ich zu niemandem darüber sprach, gewöhnte ich mich an mein Leben jenseits aller Verfügbarkeit und Pflichten nur schwer. Immer noch erwachte ich jeden Morgen um halb sieben, und wenn es abends sehr spät geworden war, gelang es mir nur selten, wieder einzuschlafen. Alles in meinem Leben hatte um acht Uhr am Morgen begonnen: der Kindergarten, die Schule, sogar die Universität, die Arbeitszeit in der Barabasschen Forschungsstätte. Trotzdem hatte ich zehn oder fünfzehn Jahre zuvor im Urlaub oder an den Wochenenden bis in die Mittagsstunden schlafen können. Irgendwann danach aber hatte die Gewohnheit sich zum Gesetz erhoben, das, sobald es gebrochen wurde, die Strafe in Gestalt peinigender Träume unweigerlich nach sich zog. Dicht unter der Oberfläche des Schlafs trieb ich durch meine Alpträume wie eine Ertrinkende durchs Wasser. Und kaum kämpfte sich mein schmerzendes Hirn einmal durch das wirre Geschehen in die rettende Erkenntnis, daß die eben geträumte Gefahr nicht wirklich zu befürchten war, näherte sich schon der nächste Traum wie eine Welle, die mir gleich Mund und Nase verschließen und mich am Atmen hindern würde. Ich ließ es geschehen, bis ich nach einer Zeit, deren Dauer ich nicht selbst bestimmte, zermürbt und erschöpft endgültig auftauchte in den Tag.

Die Last der Träume lag um so schwerer auf mir, je weniger ich mich an sie erinnerte. Selbst wenn es mir gelang, den letzten in das Wachsein zu retten, blieb mir von seinen Vorgängern nichts als eine diffuse Bedrückung, die mich oft den Tag über begleitete wie mein Schatten, so daß ich es vorzog, um halb sieben, spätestens um sieben aufzustehen und den Tag in seiner ganzen Länge zu ertragen. Manchmal saß ich bis mittags am Frühstückstisch und dachte darüber nach, was ich Sinnvolles tun könnte. Daß ich Sprachen lernen mußte und die gesamte Weltliteratur zu lesen hatte, verstand sich von selbst. Vor allem aber drängte es mich zu einer Tat, ich wußte nur nicht, zu welcher. Die Sehnsucht nach einer Tat existierte in mir gegen meinen Willen und unstillbar. Ich fand sie lächerlich, zumal ihr eine erlösende Verheißung anhaftete, als könnte eine einmalige Tat nachträglich in den Sinn erheben, was sich zuvor aus unzähligen Zufällen formlos zusammengesetzt hatte und nun hinter mir lag als der größere Teil meiner Biografie. Mein erster Gedanke an eine Tat war immer verbunden mit dem Bild eines sich aufbäumenden weißen Pferdes, das von seinem Reiter ermutigt wurde, über den Abgrund zu springen, vor dem es scheute. Das Bild stammte aus einem Märchenbuch, das mir jemand, ich glaube, daß es meine Tante Ida war, zur Einschulung geschenkt hatte.

An zwei Nachmittagen der Woche war ich nun beschäftigt, ohne darüber nachdenken zu müssen, womit ich mich beschäftigen wollte. Auch der Gedanke an ein regelmäßiges, wenngleich bescheidenes Einkommen beruhigte mich.

*

In der Friedhofsstille lärmten meine eiligen Schritte über den harten Sandweg. Die Menschen vor der Kapelle waren in Bewegung geraten. Die kleinen Gruppen, in denen sie bisher über einen Umkreis von zwanzig oder dreißig Metern verteilt und, aus der Ferne betrachtet, fast reglos zusammengestanden hatten, gerannen nun langsam zu einem großen schwarzen Klumpen, aus dem sie, in eine vielgliedrige Kette verwandelt und nach ihrem Rang und dem Grad ihrer Beziehung zu dem Verstorbenen geordnet, wieder auftauchten, um, wie von unsichtbarer Hand gezogen, Glied für Glied in dem weit geöffneten Portal der Kapelle zu verschwinden. Ich ging schneller, wickelte unterwegs die Freesien aus ihrer mehrschichtigen Zeitungshülle, ratlos, was ich mit dem Papier anfangen sollte. Ich knüllte es, so gut es sich einhändig machen ließ, zusammen und steckte es in die Manteltasche. Der Mann, der die Tür der Kapelle zu schließen hatte, hielt sie mit dringlichem Blick für mich noch halb offen, was mich zu einer dem Ort unangemessenen Hast zwang. Alle Stühle waren besetzt. Ich mußte stehen. Außer mir stand nur der Türhüter, und der hätte sich vermutlich unter keinen Umständen setzen dürfen, so daß nur ein Stuhl fehlte, der für mich, und ich dachte, daß es vielleicht doch ein Fehler war, hergekommen zu sein, daß ich, da sein Tod mir eher willkommen war, als daß ich ihn betrauerte, nicht zu denen gehörte, die das Recht hatten, Beerenbaum aus dem Leben zu verabschieden.

Die Kapelle war geheizt. In der Ecke rechts vom Eingang stand ein kleiner eiserner Ofen, dessen rotglühendes Rohr sich in halber Höhe der Wand durch das Gemäuer ins Freie bohrte. In der Nähe des Ofens hatten sich die Musiker, ein Streichquartett und ein Organist, eingerichtet. Alle fünf trugen schmuddelig wirkende Smokingjacken, die über den Bäuchen spannten. Mit einem Ernst, dem man ansah, daß er bezahlt wurde, blickten sie auf ihre Noten, auf den Türhüter und auf mich. Es kam mir vor, als ließe sich in ihren Augen ein Einverständnis mit mir finden, weil sie wußten, daß ich eher zu ihnen, den Gauklern und Schaustellern, gehörte als zu den Trauernden. An der Wand gegenüber dem Eingang hing Beerenbaums Porträt, ein lächelnder Beerenbaum in einem taubenblauen Anzug. Sein weißes Haar hatte der Fotograf in silbernes verwandelt. Etwas Lichtes ging aus von dem Bild, eine versöhnliche Helligkeit, die durch den Trauerflor schräg über eine Ecke noch verstärkt wurde. Unter dem Bild, auf einem Podest, stand der mit roten Nelken und weißen Kalla geschmückte Sarg. Alles wirkte schäbig, auch der Sargschmuck in seiner phantasielosen Symbolik von Tod und Klassenkampf, obwohl die Blumen sogar echt waren. Ich stellte mir vor, wie Beerenbaum unter dem Deckel zwischen seidenen Kissen in seinem Sarg lag. Ich wußte nicht, ob man die Toten noch immer in Totenhemden kleidete oder ob man Beerenbaum einen seiner Anzüge angezogen hatte, vielleicht den taubenblauen von dem Bild. Beerenbaum lag in dem taubenblauen Anzug zwischen seidenen Kissen in seinem verschlossenen Sarg und war nicht mehr Beerenbaum. So, wie Ida vor meinen Augen aufgehört hatte, Ida zu sein. Ihre Hand in meiner

Hand war dieselbe geblieben und doch, von einer Sekunde zur anderen, nicht mehr die Hand von Ida. Es hatte Ida verlassen, war entschwunden, spurlos und gestaltlos, und hatte den Rest von Ida zurückgelassen. Ich mußte den Rest von Ida in Asche verwandeln lassen, weil sie es so gewünscht hatte. Feuerbestattung sei fortschrittlich, sagte sie. Ich habe immer vermutet, daß entscheidender als Idas Fortschrittsglaube ihre Angst vor den Würmern war. Hätte ich mich, wie Ida und meine Mutter, an die Beerdigung meiner Großmutter väterlicherseits erinnern können, hätte mich die ohnehin unsinnige Furcht vor einem möglichen letzten Schmerz auf dem Verbrennungsrost sicher weniger beeindruckt.

Die Großmutter war wenige Wochen nach dem Kriegsende gestorben, im Juni oder Juli, es war sehr heiß, erzählte meine Mutter, der Sommer 45 war überhaupt ein heißer Sommer. Die Großeltern lebten in einem Dorf bei Berlin, und dort wurde die Großmutter auch beerdigt. Der Sarg, erzählte meine Mutter, hatte während der zwei oder drei Tage zwischen dem Tod und der Beisetzung der Großmutter in der Friedhofskapelle gestanden, dem wohl kühlsten Ort, der sich hatte finden lassen. Schon vor der Trauerfeier lief der

Großvater, Handfeger und Müllschippe in den Händen, ständig um den Sarg herum, bückte sich immer wieder und fegte stumm und ohne sichtbare Erregung etwas fort, das Ida und meine Mutter für nichts hielten. Sie glaubten, der Krieg und der Tod seiner Frau hätten dem alten Mann die Sinne verwirrt. Erst als ihnen auffiel, daß der Pfarrer während seiner Predigt einen ungehörigen Abstand zum Sarg hielt und es vermied, seinen Blick in die Richtung der Toten und ihres nächsten Hinterbliebenen zu wenden, begannen sie zu vermuten, was ihnen bei nun geweckter Aufmerksamkeit schnell zur würgenden Gewißheit wurde: Unablässig fielen aus dem Sarg fette, satte, weiße Würmer. Später sagte meine Mutter, sie habe nie verstanden, wie die Würmer in den wenigen Tagen, die die Frau tot gewesen war, so groß werden konnten.

Das Streichquartett brachte die Instrumente in Spielposition, der Organist legte seine Finger nachlässig auf das Harmonium. Dann gab der erste Geiger das Zeichen: »Unsterbliche Opfer, ihr sanket dahin« spielten sie. Beerenbaum ein unsterbliches Opfer. Wessen Opfer? Zwischen den seidenen Kissen unter dem Sargdeckel in einem taubenblauen Anzug lagen die sterblichen Über-

56

reste eines Unsterblichen. Die Schultern und Rücken der vor mir Sitzenden zeugten von Ergriffenheit, hier und da führte eine Hand ein Taschentuch vor ein Gesicht. Wer hier weinte, weinte um seinen eigenen Tod. Jeder zweite unter Beerenbaums Trauergästen würde ein ähnliches Begräbnis bekommen wie er. Alle, in besonderen Krankenhäusern weit über das statistische Sterbealter hinaus mühevoll am Leben erhalten, würden sie, achtzigjährig, als Opfer in ihre Gräber sinken. Ich wunderte mich, daß der Tod jeder Lächerlichkeit unseres Umgangs mit ihm standhielt.

Ich war froh darüber, daß ich hinter diesen Leuten stand, statt unter ihnen zu sitzen. Obwohl ich ihre Gesichter nicht sehen konnte, blieb mir keine Regung ihrer Körper und Köpfe verborgen. Außerdem wäre es mir peinlich gewesen, wenn nicht ich, sondern ein beliebiger anderer die Kapelle als letzter betreten und statt meiner hätte stehen müssen. Niemand konnte so wenig hierhergehören wie ich. Trotzdem, dachte ich, trotzdem hatte ich ein Recht, hierzusein. Ich verabschiedete Beerenbaum nicht einfach aus dem Leben, ich verabschiedete ihn aus meinem Leben, in dem er, lange, bevor wir uns begegnet waren, Platz genommen hatte, als wäre es sein eigenes.

Beerenbaum saß, nur als Silhouette erkennbar, hinter dem Schreibtisch und diktierte. Seit Wochen schwelgte er in seiner Kindheit, während ich mich herauszufinden bemühte, warum er sie für mitteilenswert hielt. Er zelebrierte die Armut seiner Familie, als wollte er sich entschuldigen für seinen späteren Wohlstand, wie mir überhaupt schien, daß er jedes Detail aus seinem jungen Leben nur im Hinblick auf seine spätere Bestimmung erzählte: sein frühes Interesse an der Politik, seine Wißbegier, der Lehrer, der seine Begabung erkannte, sein Sinn für Gerechtigkeit und natürlich der Klasseninstinkt, der einem Arbeiterjungen aus dem Ruhrgebiet, wie Beerenbaum sagte, in die Wiege gelegt worden war.

Das furchtbare Wort Klasseninstinkt, die todsichere Waffe meines Vaters, wenn er zu begründen versuchte, warum Kafkas Bücher, von denen er vermutlich keine Zeile gelesen hatte, dekadente und schädliche Literatur, wenn überhaupt Literatur seien. Das sage ihm schon sein Klasseninstinkt. Sein Klasseninstinkt sagte ihm auch, daß Jazz eine dem sozialistischen Lebensgefühl unangemessene Musik, weil Sklavenmusik, war und daß mein Freund Josef, ein dünner, langer Junge mit großen Füßen und intelligenten Augen, deren zuweilen abwehrender Ausdruck von meinem Vater für arrogant gehalten wurde, nicht der richtige Umgang für mich war. Mit dem Wort Instinkt beanspruchte mein Vater Unfehlbarkeit. Ein Instinkt bedurfte keines Arguments und war durch ein solches auch nicht zu widerlegen.

Meinem Vorsatz, Beerenbaums Memoirenwerk mit nichts anderem als meinen Händen zu dienen, wurde ich selbst zum größten Hindernis. Während Beerenbaum meine intellektuelle Verweigerung gelassen hinnahm und es auch bald unterließ, mich in diese oder jene Wortwahl einzubeziehen, fiel es mir von einem Treffen zum anderen schwerer, ihm nicht zu widersprechen. Das mir selbst auferlegte Schweigen quälte mich derart, daß ich hin und wieder ein leichtes Stöhnen nicht unterdrücken konnte, was Beerenbaum sofort ermutigte zu fragen, ob mir seine Erzählung mißfiele. Ich entschuldigte mich mit Kreuzschmerzen oder schob Ärger über einen angeblichen Schreibfehler vor. Beerenbaum gab sich mit solchen Erklärungen zwar zufrieden, aber jedesmal, nachdem ich mich so unbeherrscht gebärdet hatte, diktierte er mir Sätze, die jene, um derentwillen ich gestöhnt hatte, an Scheußlichkeit noch übertrafen. Einmal war es der Satz: Schon als kleiner Knirps wußte ich, daß das Herz links saß und der Feind rechts stand. Während ich ihn aufschrieb, begann mein Zwerchfell nervös und aufgeregt zu zucken. Zuerst, weil ich am liebsten gelacht hätte, dann aber, da ich mir auch das Lachen verboten hatte, zog sich das Zwerchfell in Intervallen krampfartig zusammen, bis ich einen heftigen Schluckauf bekam und Beerenbaum mir von Frau Karl, so hieß die Haushälterin, ein Glas Zuckerwasser bringen ließ, von dem mir, als der Schluckauf sich endlich gelegt hatte, übel wurde. Natürlich war meine Reaktion übertrieben. Das Herz saß links, der Feind stand 1914 rechts, und Beerenbaum war damals ein kleiner Junge. Wahrscheinlich hätte ich, wäre Beerenbaum ein beliebiger alter Mann und nicht dieser Professor Beerenbaum gewesen, das ärmliche Pathos des Satzes nachsichtig hingenommen. Wenn Beerenbaum sich rückblickend, mit süßlich gespitztem Mund, als kleinen Knirps bezeichnete, überkam mich Ekel. Ich konnte mir Beerenbaum als kleinen Jungen nicht vorstellen. Immer saß auf dem Knabenkörper Beerenbaums alter Kopf mit den schweren Tränensäcken unter den Augen und dem müden, rechthaberischen Zug um den Mund. Solange Beerenbaum über seine Kindheit sprach, erregten mich selten die Tatsachen, von denen er berichtete und die entweder landläufig bekannt oder von harmloser Privatheit waren. Fast immer lag es an dem Ton, an der Selbstgewißheit seiner Sprache, in der Rührseligkeit und einfältige Metaphorik oft so dicht beieinanderlagen wie in dem Satz, der mein Zwerchfell außer Kontrolle hatte geraten lassen.

Mit dieser Sprache war ich aufgewachsen. Meine Eltern sprachen sie, sobald sie sich größeren Themen als der Haushaltsführung oder Kindererziehung widmeten. Die Grenze zwischen der privaten und der anderen Sprache verlief nicht exakt. Es konnte vorkommen, daß meine Mutter meinem Vater erzählte, ihre junge Kollegin B. habe einen neuen Freund, und, während sie die Teller in den Schrank räumte, hinzufügte: Ein guter Genosse, wirklich, was klang, als hätte sie sagen wollen: Ein netter Junge, wirklich.

Oder mein Vater kam nach Hause und schimpfte, weil er sich über die dreckigen U-Bahnhöfe geärgert hatte, auf »unsere Menschen«, die nicht begreifen wollten, daß der Kampf um den Kommunismus beim Bonbonpapier beginnt.

Mir gegenüber setzten meine Eltern ihre unnatürliche Sprache ein, wenn ich erzogen werden sollte. Da mein Vater überhaupt nur in pädagogischer

Absicht mit mir sprach – darüber hinaus hatte er mir nichts mitzuteilen –, verband ich dieses hochtrabende Kauderwelsch auch dann noch mit ihm, als ich schon zu alt war, um erzogen zu werden, und mein Vater seine verbalen Kontakte mit mir auf Begrüßungs- und Abschiedsformeln beschränkte. Außerdem gratulierte er mir einmal jährlich zum Geburtstag und wünschte mir alles Gute zum Neuen Jahr. Seither stritten wir uns nicht mehr, und meine Mutter sagte, wie froh sie sei, daß wir uns endlich besser verstünden.

Ich verdächtigte Beerenbaum, mich absichtlich zu provozieren, um mich eines Tages doch zum Widerspruch zu zwingen und so für seine fünfhundert Mark außer meinen Händen auch noch meinen Kopf in seine Dienste zu stellen. Da er die einmal vorgegebene Sitzordnung – ich an dem kleinen runden Tisch, er vor dem einzigen Fenster hinter seinem Schreibtisch – beibehalten hatte, wodurch er sich vor mir in seinem eigenen Schatten verbarg, ließ sich mein Verdacht durch mögliche, in seinem Gesicht ablesbare Gemütsbewegungen weder bestätigen noch widerlegen. An seiner Stimme glaubte ich mitunter eine forcierte Leichtigkeit wahrzunehmen, war mir dessen aber nicht sicher. Nur selten, wenn er seinen Kopf in den Nacken oder auf eine Schulter legte, glitt über sein Gesicht ein Lichtschein und befreite die Stirn oder eine Wange aus der Verborgenheit. Seine Augen sah ich nie, weil Beerenbaum sie, wenn er nachdachte, geschlossen hielt. Das flackernde Licht verzerrte das Gesicht für Sekunden zu grotesken Fratzen, in denen sich die Nase plötzlich verdoppelte oder das Kinn samt Unterlippe fehlte oder der Mund als der eines Totenschädels erschien. An manchen Nachmittagen gelang es mir nicht, Beerenbaums wirkliches Gesicht unter den Fratzen zu erinnern. Ich erfand dann eine andere Fratze gegen die, die ich sah. Je konzentrierter ich in den Konturen des Kopfes nach Beerenbaums wirklichem Gesicht suchte, um so gewaltiger wirkte der scherenschnittartige, von den hängenden Zweigen der Blutbuche umrankte Körper hinter dem Schreibtisch. Wie ein Schatten, der durch eine sich nähernde Lichtquelle bedrohliche Ausmaße annahm, weitete sich Beerenbaums Silhouette vor dem Fenster zu gigantischer Größe aus, was eine Täuschung sein mußte, weil ja die Lichtverhältnisse in dem Raum unverändert blieben.

Wenn ich abends, nach vier oder fünf Stunden Arbeit für Beerenbaum, durch die Unwirklichkeit des »Städtchens« nach Hause ging, hatte ich manchmal den Wunsch, in einen Spiegel zu sehen und zu prüfen, ob ich mir noch ähnlich sah oder ob ich mich der Geisterwelt der Stillen Zeile und der Straßen um sie herum schon anverwandelt hatte. Ich zündete mir eine Zigarette an, wie ich es auch tat, wenn ich aus dem Kino in eine nächtliche Straße trat, als könnte ich mir so beweisen, daß nun das Leben in einer fremden Geschichte beendet war und das eigene Leben wieder begann. Wenn ich in meine Straße einbog und Thekla Fleischer sah, wie sie die kleinen Tannen wässerte, die sie statt Blumen auf ihrem Balkon zog und die sie, wenn sie für die Blumenkästen zu groß wurden, zu Weihnachten verschenkte, fiel mir wieder ein, daß ich eigentlich Klavierspielen lernen wollte und daß Herbert Beerenbaum in meinem Leben nur eine Episode war, die beendet sein würde, sobald er mir den letzten Satz seiner Memoiren diktiert hatte.

*

Madame Rosalie, rief der Graf, glitt umständlich von dem hohen Hocker, Madame Rosalie, welch eine Freude, Sie zu sehen nach dieser sommerlichen Trockenphase. Der Graf kicherte, denn die Anspielung auf die Trockenphase wollte er als

Witz verstanden wissen, der sich auf die durch Urlaub bedingte und gerade an diesem Tag beendete Schließzeit der Kneipe bezog. Der Abend versprach, ein ausschweifendes Wiedersehensfest aller Stammgäste zu werden, zu denen auch der Graf und Bruno gehörten. Mit bürgerlichem Namen hieß der Graf Karl-Heinz Baron. Als er, ein in europäischen Fachkreisen geschätzter Kenner der chinesischen Sprache und Geschichte, vor mehr als zehn Jahren für seine Kassierertätigkeit in der Gesellschaft für Deutsch-Sowjetische Freundschaft, in des Grafen Sprache kurz Deusow, mit der Ehrennadel selbiger Gesellschaft ausgezeichnet worden war, hatte Bruno ihn, um die Schande zu mildern, in den Stand eines Grafen erhoben.

Der Graf bot mir seinen Barhocker an. Brünoh wird erwartet, sagte er. Wird erwartet, wiederholte er, wobei er die Silben dehnte und seine Stimme verheißungsvoll vibrieren ließ, was bedeuten sollte, daß er den Grund meiner Anwesenheit natürlich durchschaute. Dann neigte er seinen Kopf dicht an mein Ohr und flüsterte: Er ist wieder ausgezogen bei dieser, dieser, na, Sie wissen schon, ich habe mir den Namen gar nicht erst gemerkt. Einige Wochen zuvor hatte ich, wieder einmal auf der Suche nach den »Don Giovanni«-Utensilien, den Grafen auf der Friedrichstraße getroffen, und er hatte mir erzählt, daß Bruno gerade bei einer Serviererin einwohnte. Keine Standesperson, keine Standesperson, wenn ich verstünde, allein dieses schrille Lachen, igitt, und an gewissen Körperteilen ganz unanständig zur Fülle neigend, schlimm, schlimm, schlimm. Der Graf hatte besorgt den Kopf geschüttelt, was über den lüsternen Ausdruck in seinen Augen nicht hatte hinwegtäuschen können. Durchaus keine Standesperson, und das für einen Mann wie Brünoh, hatte der Graf noch einmal gesagt und sich, nicht ohne die flüchtige Andeutung eines Handkusses, abrupt verabschiedet.

Jetzt ist er ausgezogen, weil er ganz plötzlich eine Allergie bekommen hat, angeblich wegen der im Haushalt dieser Dame lebenden Katzen, flüsterte der Graf, aber wer will schon sagen, woher so eine Allergie tatsächlich kommt. Corpus nos veritatem cognoscere docet, oh, Verzeihung, Madame Rosalie, ich vergaß, der Körper sagt uns die Wahrheit, übersetzte er.

Macht nichts, sagte ich und beschloß, außer Englisch, Französisch und Klavierspielen unbedingt die Grundlagen des Lateinischen zu erlernen.

Ich hatte eine Tante mütterlicherseits, sagte der Graf, die, als sie sich, unter Umgehung der Schuldfrage, von ihrem nicht unerheblich älteren Mann scheiden lassen wollte, ein ärztliches Gutachten über eine nachgewiesene Allergie gegen die Körperausdünstungen ihres Ehemannes vorlegte. Tatsächlich litt sie unter ekelerregenden nässenden Hautausschlägen am ganzen Körper. Da die Tante sehr vermögend war, was auch die eigentliche difficulté der Scheidung darstellte, verdächtigte man sie, das Gutachten gekauft zu haben und ihren Mann wegen eines heimlichen Liebhabers verlassen zu wollen, was ebenso der Wahrheit entsprach wie die Tatsache, daß sie nach der Scheidung bis zu ihrem Tod im Alter von zweiundneunzig Jahren eine makellose Haut hatte. Der Körper hat nur Brünohs kleine Verfehlung korrigiert.

Der Graf sprach Brunos Namen noch französischer aus als gewöhnlich, um in mir keinen Zweifel an seiner ungebrochenen Hochachtung für Bruno aufkommen zu lassen.

Ich war dem Grafen dankbar für die Mühe, mit der er Geschichten zu meinem Trost erfand, obwohl ich ohne seine Geschwätzigkeit von Brunos Verhältnis mit der Serviererin vermutlich nie etwas erfahren hätte. Ich hielt die Theorie des Grafen über die mögliche Entstehung von Allergien zwar für abwegig, wünschte mir aber, daß er recht hatte und daß Brunos Allergie sich tatsächlich gegen die Serviererin und nicht nur gegen ihre Katzen richtete. Bruno und ich lebten seit einigen Monaten getrennt, konnten uns aber nicht einigen, wer wen verlassen hatte. Während Bruno behauptete, ich hätte ihn verlassen, war ich davon überzeugt, von Bruno verlassen worden zu sein. Und solange wir uns über die genauen Umstände unseres Verlassens und Verlassenseins nicht sicher waren, konnte man, dachte ich, auch nicht davon ausgehen, daß wir uns wirklich verlassen hatten.

Der Graf erzählte, daß er sich gestern wieder einmal eingekleidet habe, ein Paar Beinkleider, ein Gehrock, zwei Hemden, alles sehr praktisch und zudem günstig. Seine Damen hätten ihn gut beraten.

Zweimal im Jahr ging der Graf zu einem kleinen Herrenausstatter nahe seiner Wohnung und ließ sich von den dort angestellten Verkäuferinnen, die er »meine Damen« nannte, jene praktischen und günstigen Kleidungsstücke aufschwatzen, die inzwischen, da er nichts wegwarf, zu Dutzenden in seinem Schrank hingen und sich nur durch das

Maß, in welchem sie dem Grafen zu eng waren, voneinander unterschieden. Daß der Graf die unansehnlichen Jacken und Hosen aus einem gummiartigen und darum knitterfreien Material Beinkleider und Gehrock nannte, war sein verbaler Tribut an eine Lebensform, die sein Ideal geblieben war, obwohl er sie in seinem einsamen Leben niemals hatte verwirklichen können. Er war reicher Eltern Kind, wie er selbst sagte, aufgewachsen zwischen Kindermädchen und Dienstboten. Der Vater handelte mit Stoffen, während des Krieges mit Uniformstoffen, so daß selbst zu einer Zeit, da Brunos Mutter auf der Flucht aus Pommern ihr jüngster Sohn an der milchlosen Brust verhungerte, der junge Karl-Heinz Baron die Kindheit einer gebürtigen Standesperson genoß. Nach dem Krieg tauchte der Vater irgendwo westlich der Elbe unter, die Mutter blieb mit ihrem Sohn in der Stadt, in der sie beide geboren waren. Seitdem hatte sich für den Grafen der Begriff Standesperson gewandelt, und wenn er ihn heute gebrauchte, meinte er eher eine Person mit Anstand als eine Person von Stand.

Vor allem hatte eine Standesperson gebildet zu sein, jedenfalls aber, sofern es ihr selbst an Bildung gebrach, der Bildung anderer den gehörigen

Respekt zu bezeugen. Einmal im Jahr, zu seinem Geburtstag, gestattete sich der Graf ein soziales Attribut einer Standesperson, einen Diener, der die Gäste zu empfangen und zu bewirten hatte. Meistens engagierte er dafür einen gewissen, in seiner Nachbarschaft wohnenden Reinhold, von Bruno Unhold genannt, einen langen, unbeholfen wirkenden Menschen mit einem tierhaften Blick, den der Graf an solchen Abenden zwang, seinen, des Grafen, alten Smoking zu tragen, dessen Ärmel knapp unter Reinholds Ellenbogen endeten. Zweimal mußte Reinhold durch seinen Vetter ersetzt werden, weil er wegen eines Delikts, über das der Graf schwieg, im Gefängnis saß. Zu dem Luxus, einen Diener zu beschäftigen, gehörte für den Grafen auch das Recht, ihn zu drangsalieren. Für die hundert Mark, die Reinhold für seine Dienste bekam, mußte er sich duldsam befehligen und zurechtweisen lassen, auf jeden nervösen Wink des Grafen gehorsam reagieren und den linken Arm auf dem Rücken halten, während er Wein eingoß. Trotzdem erweckte Reinhold den Eindruck, daß er sich in der ihm zugedachten Rolle und in der viel zu kleinen Smokingjacke wohl fühlte. Ich hielt für möglich, daß er sich verstellte, und da er mir Angst einflößte, prophezeite ich dem Grafen einen gewaltsamen Tod, möglicherweise durch Reinhold, schließlich heiße auch der berühmte Döblinsche Mörder Reinhold. Und da der Graf obendrein in der Gegend um den Alexanderplatz wohnte, maß ich, zu morgendlicher Stunde, diesem Argument besondere Bedeutung bei.

Dem Grafen schien die Aussicht auf einen Mord, dessen Opfer er sein würde, nicht zu erschrecken. Daß er ihn für ausgeschlossen hielt, glaubte ich nicht, denn er sprach seitdem, wenn er mir etwas über Reinhold erzählte, von seinem Mörder. Mein Mörder war mir gestern behilflich, einen Kasten Bier hochzutragen, sagte er. Der Graf war einer der traurigsten Menschen, die ich kannte, und manchmal dachte ich, daß es ihm vielleicht gleichgültig war, ob Reinhold ihn eines Tages erschlüge oder nicht. Vor einigen Jahren, an einem warmen Tag im April, saßen der Graf, Bruno und ich in einem Pankower Biergarten. Der Graf hielt sein Gesicht in die Sonne und sah plötzlich aus wie ein sehr zartes, sehr altes Kind und sagte: Ich weiß nicht, wie es kommt, aber an jedem ersten Mai muß ich weinen, die roten Fahnen und das erste Grün. Wenn ich das zusammen sehe, muß ich weinen.

Nicht umdrehen, Madame Rosalie, drehen Sie

sich nicht um, er ist da, Brünoh ist gekommen, zischte der Graf durch einen schmalen Spalt seiner Lippen, während er über meinen Kopf hinweg die Eingangstür fixierte.

Mit der Serviererin, fragte ich.

Allein, mutterseelenallein, sagte der Graf.

Und warum soll ich mich nicht umdrehen?

Ich möchte Ihnen nicht zu nahe treten, aber mir ist aufgefallen, daß Sie immer noch erröten, wenn Sie ihn sehen, und, Pardon, Madame Rosalie, die Röte im Gesicht steht Ihnen nicht.

Ich fragte mich, warum dem Grafen so daran gelegen war, daß ich auf Bruno einen guten Eindruck machte.

Eine Hand streifte meine Schulter, und Brunos Stimme sagte: 'n Abend Rosa, grüß Sie, Graf.

Zwei Bier für Brünoh, rief der Graf beflissen über den Tresen, wie immer, wenn Bruno nüchtern die Kneipe betrat. Bruno trank das erste Bier stehend, wobei der Graf ihn lächelnd beobachtete, den Kopf leicht in den Nacken geneigt, als müßte das Bier durch seine und nicht durch Brunos Kehle rinnen.

Die ersten beiden Biere trank Bruno ernst und teilnahmslos. Sie gehörten zu seinem Weg hierher, sie waren die Stufen, die er herabsteigen mußte, um hier, in dem lärmenden und stinkenden Asyl für domestizierte Abenteurer, anzukommen. Erst danach, wenn der mißlaunige Schatten auf seinem Gesicht von hitziger Röte verdrängt wurde, entwickelte er jene Eigenschaften, die ihn in den Rang einer Kneipenpersönlichkeit erhoben, ein Titel, den der Graf vor Jahren eingeführt hatte und der nur durch ihn vergeben oder, was selten vorkam, wieder aberkannt wurde.

Für den Grafen stand Bruno in der Hierarchie der Kneipenpersönlichkeiten ganz oben. Brunos Anwesenheit und Gemütslage entschieden darüber, ob von dem Abend ein vulgäres Besäufnis zu erwarten war oder ob das Bier die See hergeben würde für die gräfliche und königliche Bildungsflotte, die der Graf und König Brünoh in schiefer Schlachtordnung auffahren lassen würden, um das demütige Volk der Nichtlateiner wieder einmal zu erstaunen.

Mit der ängstlichen Gier eines Schenkenden, der die Freude oder den Verdruß des von ihm Beschenkten erwartete, forschte der Graf an Bruno nach der ersten Wirkung des Biers. Ich kannte das Spiel und begnügte mich damit, am Gesicht des Grafen abzulesen, was der in Brunos Gesicht fand. Und das sah gut aus.

Eigentlich hätte ich nun gehen können. In Brunos Männerleben gab es für mich keinen Platz. Ich gab mir Mühe, die Männer, die sich untereinander Peti, Schmitti, Heinzi, Andi oder Manni nannten und die von Bruno als »meine Kneipenkumpels« bezeichnet wurden, den Unterschied zwischen ihnen und mir vergessen zu lassen. Ich trank mit ihnen Schnaps und Bier statt Wein, ich biederte mich an, indem ich mich in ihre Gespräche über Vergaserkopfdichtungen und Holzschutzmittel einmischte, zeigte mich leidenschaftlich interessiert, vor allem wißbegierig, ich lachte über ihre Witze. Aber immer spürte ich die Anstrengung, die ihnen das Gespräch mit mir bereitete. Ein sicheres Indiz war, daß sie, sobald sie sich an mich wendeten, nicht mehr berlinerten, sondern hochdeutsch sprachen, als wäre ich ein Ausländer oder ein Kind, mit dem man langsam und deutlich sprechen mußte. Du haben Durst, ja?

Die Kneipe sei der letzte Hort männlicher Freiheit, sagte Bruno. Dazu gehöre, daß Frauen in einer richtigen Männerbierkneipe nichts zu sagen hätten. Frauen störten die Ordnung, die jede Kneipe im freien Spiel der Kräfte mit der Zeit hervorbrächte, denn natürlich käme keine Kneipe, wie überhaupt nichts in der Welt, ohne Herrschaft aus. In Brunos Kneipe herrschten die Lateiner über die Nichtlateiner.

In einer Kneipe, sagte Bruno, sofern sie nicht ein Treffpunkt von Zuhältern und Messerstechern sei, herrsche vor allem die Gier nach Interessantheit. Nichts fürchte der trinkende Mensch mehr als den Stumpfsinn. Die Lateiner hätten den interessanteren Teil zur Unterhaltung beigetragen, und so sei ihnen die Herrschaft ganz natürlich zugefallen.

Ich hielt Brunos Deutung der kneipeninternen Machtverhältnisse für idealisiert, denn der Graf, der nicht uninteressanter, an manchen Tagen sogar interessanter als Bruno war, wäre allein nie zum Herrscher über die Zimmerleute, Artisten und Kulissenschieber aufgestiegen, schon wegen seiner abfallenden Schultern und der weichen, fast fraulichen Hüften nicht. Entscheidender als die Gelehrsamkeit der Lateiner war Brunos unverhohlene Kampfeslust, die ihn schon bei einem geringen Alkoholanteil im Blut überkam. Wie ein in der Kälte erstarrter Maikäfer, der, wenn er angehaucht wurde, lebenssüchtig seine Fühler reckte und den Flügelschlag probte, begann Bruno nervös mit einem Knie zu schaukeln, den Hals zu recken und nach Opfern Ausschau zu halten.

An manchen Tagen begnügte er sich damit, die Erzählungen der anderen durch Assoziationen oder Zitate zu beenden, die die Absicht der Erzählenden in Sekunden zunichte machten und Bruno das applaudierende Gelächter der Zuhörer einbrachte. An anderen Tagen suchte er Streit. Dann steigerte sich das Schaukeln des Oberschenkels zur Vibration, und es genügte eine belanglose Bemerkung wie die, Peti habe seiner Frau zum Geburtstag eine Uhr geschenkt, um Bruno zu einer hochfahrenden Attacke gegen Geburtstage, Ehen, Geschenke, insbesondere gegen geschenkte Uhren hinzureißen, die in einem philosophischen Diskurs über die Welt des Habens, den Urknall und die vierte Dimension enden konnte.

Ich habe niemals erlebt, daß Bruno bei einem Streit unterlag, auch nicht bei dem idiotischsten. Und niemand nahm ihm seine Siege übel. Da die Besiegten ihre eigene Geisteskraft nur geringschätzten, hätte es sie sogar verletzt, wäre Bruno, ihr Genie Bruno, ihnen unterlegen gewesen.

Bruno sagte: Na, Rosa, wie lebt es sich so als Freiheitsstatue?

Oh, oh, oh, flüsterte der Graf hinter Brunos Rükken und wedelte mit der Hand, als hätte er sich verbrannt.

Gut, sagte ich und gab mein Vorhaben auf, mit Bruno über Beerenbaum zu sprechen, wozu ich eigentlich in die Kneipe gekommen war.

Je länger ich für Beerenbaum arbeitete, um so stärker wurde mein Gefühl, etwas Verbotenes zu tun. Während ich widerspruchslos hinschrieb, was Beerenbaum diktierte, fragte ich mich immer öfter, ob ich mich nicht zum Mittäter machte, ob ich nicht sein Komplize wurde, indem ich ihm half, das eigene Denkmal in Lettern zu gießen. Daß Beerenbaum sich an mich gewöhnte, daß er sich auf die Dienstage und Freitage mit mir sogar zu freuen schien, machte die Sache noch schlimmer, zumal ich mich, um meine Handlangerdienste für ihn zu rechtfertigen, als Spion verstehen mußte, der Beerenbaums Schlafgewohnheiten und Krankheiten, seinen Geschmack, seine Lieblingsspeisen, seine geheimen Gedanken, Tics und Empfindlichkeiten ergründen mußte wie jemand, der einen perfekten Mord plante und vorher sein Opfer akribisch studierte.

Bruno saß, die Ellbogen rücklings gegen den Tresen gestützt, auf dem Barhocker und schaukelte mit dem Bein. Rosa, sagte er, du solltest fair sein. Seit Jahren lassen wir dich als Publikum bei unserem Lebensexperiment zu, stimmt das nicht, Graf?

Das läßt sich nun wirklich nicht bestreiten, Madame Rosalie.

Du durftest miterleben, wie Meier sich eine Zirrhose ansoff, wie Kurti sich zu den Anonymen Alkoholikern flüchtete … Und wie Cliffi immer cliffiger wurde und sich nun schon im Bereich der Grenzdebilität befindet, unterbrach der Graf.

Cliffi verdankte diesen Namen seiner Ähnlichkeit mit einer Figur aus der Fernsehserie »Dallas«, einem besonders törichten Menschen namens Cliff Barnes. Der Graf, dem die Ähnlichkeit zuerst aufgefallen war, hatte sie sofort mit großer Freude über eine so ungeheure Kneipensensation verbreitet. Ist Ihnen schon aufgefallen, wie ähnlich unser W. diesem Cliff Barnes ist, flüsterte er damals jedem, auch mir, immer wieder ins Ohr. Seitdem sprach er von dem armen W. nur noch als Cliff und führte gleichzeitig das Wort cliffig als Synonym für dumm ein.

Ich muß gestehen, es ist mir in letzter Zeit fast unerträglich, wie cliffig Cliffi geworden ist, sagte der Graf. Er hat sich fast schon zu einem Standesproblem entwickelt, Brünoh.

Cliff, ein promovierter Chemiker, gehörte zu den Lateinern, obwohl er nicht mehr Latein konnte, als für sein Fach unentbehrlich war, wie alle Lateiner außer dem Grafen und Bruno, nach denen die Zimmerleute und Kulissenschieber den Klüngel um die beiden benannt hatten.

Hörst du, Rosa, sagte Bruno, sogar Cliffis Vercliffung durftest du beobachten, nur du selbst willst unter Ausschluß der Öffentlichkeit experimentieren.

Es ist nichts passiert, sagte ich, die Klavierlehrerin ist noch verliebt.

Rosa, sagte Bruno und griff nach dem dritten Bier, du hast dich vor einem halben Jahr in die Freiheit entlassen. Was tust du dort, was tust du in der Freiheit, sag uns das, Rosa.

Ein Rentner aus der Nachbarschaft diktiert mir seine Familiengeschichte für seine Enkel. Er hatte einen Schlaganfall, und seine rechte Hand ist gelähmt, sagte ich, wohl ahnend, daß Bruno sich mit dieser Auskunft nicht begnügen würde.

Er kniff mißtrauisch ein Auge zusammen. Was ist das für ein Rentner, daß er sich diesen Luxus leisten kann?

Er war Arzt, sagte ich, das Ganze ist auch nichts Interessantes, nur so eine Art Ahnenforschung, und um Bruno endgültig von dieser Fährte zu locken, fragte ich, ob er wisse, warum »Don Giovanni« so selten deutsch gesungen werde.

Bruno rutschte von seinem Barhocker. Haben Sie das gehört, Graf, Rosa interessiert sich für Opern. Niemals hat sie sich für Opern interessiert. Das tust du also in der Freiheit, so etwas Wunderbares wie: sich für Opern interessieren. Bruno schwenkte sein Bierglas wie eine Trophäe. Auf die Freiheit. Es lebe die Freiheit.

Der Irrtum, ich interessierte mich neuerdings für Opern, versetzte Bruno in einen Freiheitstaumel.

Ach, Graf, was könnten wir, Sie und ich, dort alles tun, in der Freiheit.

Die wahre Freiheit ist ohne Gestalt und nirgends zu finden als hinter Kerkermauern, zitierte der Graf in einem Ton, der keinen, nicht einmal Brunos Widerspruch duldete. Ein paar Sekunden schwiegen wir im Gedenken an die drei Jahre, die der Graf im Knast gesessen hatte. Es war fast ein Vierteljahrhundert her, daß man den Grafen in ein Gefängnis gesperrt hatte.

Bruno wagte als erster wieder zu sprechen. Sie haben recht, Graf, die Freiheit ist kein Ort. Aber wenn sie ein Ort wäre?

Ich glaube, sagte ich, die Freiheit ist ebenso ein Ort, wie der Mensch ein Ort ist.

Bruno stöhnte. Der Graf, dem seine Schroffheit offenbar leid tat, sagte vorsichtig: Wobei man natürlich nicht außer acht lassen darf, daß es sich beim Menschen um ein Konkretum, bei der Freiheit hingegen um ein Abstraktum handelt. Und Bruno sagte: Laß endlich die Philosophie, Rosa.

Ich hätte gerne noch gesagt, daß im Konkretum Mensch das Abstraktum Freiheit existieren könne wie eine Luftblase im Bernstein, die ohne den Bernstein schließlich nichts sei als Luft und keinesfalls eine Blase, ließ es aber, weil ich annahm, daß Bruno und der Graf mir diesen schönen Gedanken doch nur verderben würden mit ihrer reinen Philosophie, und weil es mir im Grunde auch ziemlich gleichgültig war. Weder interessierte ich mich für Opern, noch befand ich mich da, wo Bruno den Ort Freiheit vermutete. Mich interessierte Beerenbaum, und darüber konnte ich nicht sprechen.

Greifen wir auf Bewährtes zurück, sagte Bruno. Freiheit ist Einsicht in die Notwendigkeit, woraus folgert: Ein weiteres Bier, bitte.

Ich kündigte Bruno an, mich in den nächsten Tagen bei ihm zu melden, ließ mir vom Grafen die Hand küssen und ging.

Zu Hause nahm ich die angebrochene Flasche Wein aus dem Kühlschrank und setzte mich in einen der sechs schwarzen Sessel, die ich Peti abgekauft hatte. Ein Westcousin hatte sie Peti zum vierzigsten Geburtstag geschenkt, verchromtes Stahlrohr und weiche, mit derber Baumwolle bezogene Polster. Schon nach zwei Wochen klagte Peti, er leide unter Depressionen, seit er die schwarzen Dinger bei sich zu Hause habe. Als er obendrein erfuhr, daß die Sessel im Osten hergestellt wurden und im Westen bei IKEA billig zu haben waren, ließ er seine Wut über den Osten und den geizigen Cousin an den Sesseln aus, indem er sie nur noch die »schwarzen Viecher« nannte. Wahrscheinlich trat er sie auch heimlich mit Füßen. Eines Tages fragte er: Will jemand diese Viecher haben, zweihundert Mark das Stück. Ich nahm sie.

Ich saß mit fünf schwarzen Sesseln am Tisch, trank Wein und tat sonst nichts. Fünf schwarze Sessel wie fünf Männer in schwarzen Anzügen mit schwarzen Schuhen und ohne Köpfe saßen um mich herum, als sollten sie mich begraben. Wie wir gerade Beerenbaum begruben. Wir alle in schwarzen Kleidern mit schwarzen Schuhen. Nur Beerenbaum, unsichtbar zwischen den seidenen Kissen unter dem Sargdeckel, trug seinen taubenblauen Anzug.

An diesem Abend aber saß ich zwischen fünf als schwarze Sessel verkleideten, kopflosen Männern, die mich begraben sollten, und trank Wein. Zum Wohl, die Herren, schütten Sie sich den Hals voll, wenn Ihnen der Mund fehlt.

Ich hob das Glas. Die fünf blieben stumm und reglos, was mich nicht störte. Ich fragte mich nur, ob sie vielleicht fünf mir gänzlich unbekannte, womöglich sogar feindlich gesonnene Männer waren, die sich auf dem Umweg über Peti in mein Haus geschlichen hatten, um ihre depressive Kraft an mir zu erproben, nachdem Peti den Hinterhalt gewittert hatte. Unter solchen Gedanken leerte ich die Flasche. Als ich aufstand, um aus der Küche die nächste zu holen, bemerkte ich sie: Eine blaßviolette Cosmea hatte sich aus dem Strauß, als dessen Bestandteil sie in einer weißen Vase auf dem Tisch stand, durch auffällige Verrenkungen ihres Stiels gelöst und streckte sich nun schlängelnd in meine Richtung. Ich hatte den Blumen am Nachmittag frisches Wasser gegeben und sie dabei neu geordnet, eine Entgleisung wie diese wäre mir aufgefallen. Ich schrieb die ungewöhnliche Aktivität der Blume ihrer Sehnsucht nach dem Licht zu und widmete mich der nächsten Flasche Wein.

Es gab Nächte, in denen es in meiner Wohnung spukte. Plötzlich raschelte es in einer Ecke, oder ein Vorhang bewegte sich, ohne daß ein Fenster oder eine Tür offenstand; etwas tippte mir auf die Schulter und ließ sich nicht sehen. Es kam auch vor, daß ich deutlich spürte, wie sich jemand neben mich setzte und da still sitzenblieb. Dann konnte ich beruhigt sein; er kam, um mich zu beschützen. Wenn derlei Umtriebiges in meiner Wohnung geschah, wußte ich, daß ich weder besonders glücklich noch nüchtern war.

Ich saß zwischen den fünf schwarzen Männern und versuchte zu ergründen, ob ihre Anwesenheit etwas mit Beerenbaum zu tun hatte, ob sie als Warnung erschienen waren, um mir zu zeigen, womit ich mich gemein machte. Oder ob sie mir nur schadenfroh meine nächtliche Einsamkeit vorführten. Ich dachte, daß ich mir die schwarzen Viecher besser nicht ins Haus geholt hätte und daß ich Bruno fragen würde, ob er sie mir abkaufen wollte.

In diesem Augenblick berührte etwas meine Haut, so zart wie das Bein eines Weberknechts, so lieblich wie ein rastender Schmetterling. Es war die Cosmea, die sich inzwischen so weit von ihren Artgenossen entfernt hatte, daß sie meinen auf dem Tisch ruhenden linken Arm erreichte. Meine ursprüngliche Vermutung, die Blume strebe eigenwillig zum Licht, war nun sinnlos, denn sie hatte sich deutlich von der Lichtquelle abgewendet, um sich niederzubeugen bis auf meinen Arm. Obwohl die Cosmea für gewöhnlich buschig wächst und eine Pflanze zehn, zwanzig oder noch mehr Blüten trägt, war diese mir zugeneigte die einzige Blüte an ihrem dünnen, unverzweigten Stiel. Ich wagte es nicht, meinen Arm zu bewegen, den die Spitzen ihrer unteren Blütenblätter berührten, während sie das kleine gelbe Gesicht inmitten der violetten Umkränzung mir zuwandte. Sie benahm sich so sonderbar, als wäre sie ein verwunschener Mensch.

Was willst du, fragte ich und wäre nicht erschrokken gewesen, hätte sie mir wirklich geantwortet. Sie schwieg. Aber es kam mir vor, als drehte sie ihren Kopf noch ein Stück höher, so daß wir uns nun gerade in die Augen gesehen hätten, hätte sie Augen gehabt.

Hör mal, sagte ich, du mußt schon sagen, was du willst. Ich hätte schwören können, daß sie mich ansah, sie forderte mich auf, aber wozu. Vielleicht wollte sie etwas anderes trinken als Wasser. Ich tauchte meinen Zeigefinger in das Weinglas und tippte ihr mitten in das gelbe Gesicht. Prost, sagte ich und nahm selbst einen Schluck.

85

Ihren zarten Stiel hatte sie zu einer geraden Linie gestreckt, jede Windung in Länge verwandelt, so daß ich den Eindruck hatte, sie wäre in den letzten Minuten um einige Zentimeter gewachsen. Langsam glaubte ich zu verstehen: Sie wollte zu mir, sonst nichts.

Ich war mir der Plumpheit meiner Frage bewußt, trotzdem fragte ich: Bist du in mich verliebt? Flüchtig prüfte ich die Reaktion der fünf schwarzen Männer. Sie standen als fünf normale, nicht besonders häßliche Sessel um den Tisch herum. Wir waren jetzt allein, die Cosmea und ich. Bist du ein Mann, fragte ich, heißt du Cosmea oder Cosmos?

Da sie nicht antwortete, gab ich mich einem meiner Lieblingsgedanken hin, der besagte, daß wir alle einmal Pflanze, Tier und Mensch sein müssen, ich konnte mich nur für die Reihenfolge nicht entscheiden, wobei ich allerdings nur zwei Varianten für wahrscheinlich hielt, als erste: Pflanze, Tier, Mensch, als zweite: Mensch, Tier, Pflanze.

Eine direkte Verwandtschaft zwischen Pflanze und Mensch hielt ich für abwegig. Die Ähnlichkeit der verschiedenen Menschensorten mit Vögeln, Affen, Fröschen, Hasen, Katzen, Schweinen und allerlei anderen Tieren aber war so

augenfällig, daß sich in mir der Verdacht eines ge-
heimnisvollen phylogenetischen, wenn nicht onto-
genetischen Zusammenhangs mit den Jahren stetig befestigt hatte und sich in Nächten wie dieser
zur Gewißheit erhob. Beerenbaums Ähnlichkeit
mit einem Froschlurch hätte nicht einmal jemand,
der ihn liebte, leugnen können. Ich wußte zwar
nicht, wie Beerenbaum in seiner Jugend ausgesehen hatte, nahm aber an, daß der Froschlurch
schon damals in den angedeuteten Fältchen, vor
allem um die Mund- und Kinnpartie, in Beerenbaums Jünglingsgesicht versteckt gewesen war
wie ein Vexierbild. Die Frage war: Diente Beerenbaums Menschenleben der Vorbereitung auf sein
Dasein als Froschlurch, und hatte er sich darum
mit zunehmendem Alter seiner künftigen Exi-
stenzform schon anverwandelt, oder schleppte er
sein längst vergangenes Froschlurchleben erinne-
rungslos und schicksalhaft durch dieses, wie wir
alle das unsere.
Warst du schon einmal ein Mensch, oder mußt du
erst einer werden, fragte ich meine Cosmea, die
nun, seit ich mich ihr widmete, einen entspannten
und zufriedenen Eindruck machte. Sogar eine
leichte Biegung des Stiels erlaubte sie sich wieder.
Prost, meine Liebe, sagte ich, es ist ein Jammer,

du weißt etwas und kannst es nicht sagen, ich könnte es sagen und weiß es nicht.

Dieser Gedanke war es, der meinem trunkenen Hirn den Schlüssel zu dem Geheimnis bot.

Natürlich, es war ganz einfach, die hinterhältigste und gemeinste Variante haben sie, DIE, sich für uns ausgedacht. Erst Mensch, dann Tier, dann Pflanze. Je tiefer wir in das Geheimnis eindringen, um so schweigsamer müssen wir sein. So einfach. Ich hatte also noch zwei Leben vor mir. Hoffentlich mußte ich kein Haustier werden, ein Hamster im Rad oder ein Schlachtschwein. Auch die Aussicht auf ein banales Leben als Blumenkohl oder Schnittlauch stimmte mich traurig, und ich wünschte mir, die Cosmea hätte mich nicht aufgeklärt über die furchtbare schweigsame Zukunft, die mir bevorstand.

Sie wippte leicht an ihrem Stiel, was alles mögliche heißen konnte. Ich war zu müde, um sie noch zu verstehen. Gute Nacht, sagte ich, und alles Gute, vielleicht wirst du Wind, und wir treffen uns wieder. Dann küßte ich sie.

*

In der ersten Reihe erhob sich ein grauhaariger massiger Mann und trat mit kurzen Schritten nach vorn, zielgerichtet, als wüßte er genau, an welchem Punkt er stehenbleiben mußte. Er verneigte sich vor dem Sarg oder vor Beerenbaums Porträt und sagte: Lieber Herbert. Ich warf einen Blick in die Gesichter der Musiker, sie schienen nichts gehört zu haben. Oder sie fanden es normal, daß der Mann einen Sarg oder eine Fotografie mit »lieber Herbert« ansprach. Ich war überzeugt, daß Beerenbaums Trauergäste alle Atheisten waren. Um so mehr dieser Mann, dem man einen Platz in der ersten Reihe zugewiesen hatte und der vermutlich gleich eine Rede halten würde. Warum – außer, er glaubte, Beerenbaums Seele schwebte irgendwo zwischen oder über uns, wahrscheinlich sogar ordentlich über seiner sterblichen Hülle, und hörte uns zu –, warum sonst sollte er zu einem zurechtgehobelten Stück Holz »lieber Herbert« sagen. Dem mystischen Sog des Todes widerstanden offenbar auch unerschütterliche Atheisten nicht. Der Mann wandte sich nun den Sitzenden zu. Er hatte ein fettes, glänzendes Gesicht, das zur Hälfte aus einem gewaltigen Doppelkinn bestand, in dem das Kinn eingebettet war wie eine gut verheilte Narbe. Das Doppelkinn überwucherte den breiten Unterkiefer und den Hals bis auf den Brustansatz. Es war das beeindruckendste Doppelkinn, das ich je gesehen hatte, obwohl ich mich für die psychologische Bedeutung von Doppelkinnen schon lange interessierte. Es gab natürliche und unnatürliche Doppelkinne. Die natürlichen waren die Folge von Freßlust, Trunksucht, Alter oder Veranlagung und fügten sich in den meisten Fällen harmonisch dem Ausdruck und der Form des ganzen Gesichts; Danton oder Bach ohne Doppelkinn wären undenkbar, ebenso undenkbar wäre Jesus Christus mit Doppelkinn. Das natürliche Doppelkinn stellt an unsere Erfahrung mit dem menschlichen Gesicht keine Ansprüche, oft fällt es uns nicht einmal auf. Das unnatürliche Doppelkinn hingegen veranlaßt den neugierigen Betrachter sofort, nach der Herkunft dieses Fleischsacks zu fragen.

Durch jahrelange Beobachtungen fand ich heraus, daß unnatürliche Doppelkinne ausschließlich das Produkt unnatürlicher Berufe waren; und da es so gut wie keine natürlichen Berufe mehr gab, handelte es sich um besonders unnatürliche Berufe. Auf dem Weg in die Barabassche Forschungsstätte, der mich über fünfzehn Jahre täglich, außer an Sonn- und Feiertagen, das Spreeufer entlang am hinteren Ausgang des Bahnhofs Friedrichstraße vorbeigeführt hatte, waren mir unzäh-

lige uniformierte Männer mit derartigen Doppelkinnen begegnet, ohne daß ich mir diese physiolo-
gische Entgleisung hätte erklären können. Nichts
in den Gesichtern der Männer wies auf lasterhaf-
tes Epikuräertum hin. Sie waren zumeist jung,
und ihre Haut war straff genug, um ein mittleres
Übergewicht in der Form zu halten. Erst während
einer Zugfahrt nach Bulgarien erklärte sich mir
das Phänomen. Ebensolche, einander seltsam
ähnliche junge Männer kontrollierten die Pässe
der Reisenden, wobei sie ein kleines, zusammen-
klappbares Schreibpult um den Hals trugen, auf
das sie die Pässe legten, während sie prüfend darin blätterten und ihnen zum Schluß den Stempel
aufdrückten. Ihre Arbeit verlangte, daß sie fort-
während das Kinn gegen die Brust preßten, als
müßten sie den ganzen Tag lang auf ihre Fußspit-
zen gucken. Hätten sie dabei demütig Schultern
und Nacken gebeugt, wäre ihnen nichts geschehen. Da ihre Körper aber zugleich als Symbole
der staatlichen Autorität zu dienen hatten, mußten sie, allen anatomischen Geboten zuwider, auf
herrisch gespreizten Beinen den Bauch und die
Brust vorwölben und darüber den Kopf recht-
winklig beugen, was selbst bei dünnen Menschen
eine Wulst zwischen Kinn und Hals zusammen-

schob, die, bei dauerhaftem Verharren in dieser Pose, langsam zu einem unnatürlichen Doppelkinn erstarrte.

Der Mann mit dem unnatürlichsten Doppelkinn, dem ich jemals begegnet war, sprach über Beerenbaums Kindheit im Ruhrgebiet und seinen sicheren Klasseninstinkt fast in den gleichen Worten, die Beerenbaum mir diktiert hatte. Ich wartete auf den Satz mit dem Knirps: »Schon als kleiner Knirps wußte ich ...« Das Doppelkinn saß prall und rosa auf dem Rumpf des Mannes. Darüber, genau in der Mitte des Kopfes, eine kleine, runde, muskulöse Öffnung, der Mund. Schon früh wußte er, daß das Herz links sitzt und der Feind rechts steht, sagte er, den Knirps hatte er gestrichen.

Ich nahm an, daß der Mann Beerenbaums Schüler oder Mitarbeiter gewesen war, ein besonders erfolgreicher Mitarbeiter, vielleicht sogar der Nachfolger, auf jeden Fall kannte er die Memoiren, und darum hielt sich Beerenbaum nun seine eigene Grabrede.

Die schwere, entbehrungsreiche Zeit der Emigration, sagte der Mann. Kein Wort über das Hotel Lux. Während er sprach, blähte sich das Doppelkinn wie bei einem kollernden Truthahn. Ich mußte diesen Fleischsack immerfort anstarren,

und je länger ich ihn anstarrte, um so größer
schien er zu werden. Wenn er nun platzt, dachte
ich, wie ein aufgeblasener Frosch; ob es das je gegeben hat, ein zerplatztes Doppelkinn; was war
überhaupt drin in so einem prallen, eisbeinfarbe-
nen Doppelkinn. Und dann passierte es: Durch
ein Gemisch von Fettgewebe, Blut und Hautfetzen
wühlten sich die Würmer aus dem Sarg meiner
Großmutter väterlicherseits. Ich schloß die Augen, riß sie auf, sah zu den Musikern, hoffend, ihr
Gleichmut könnte das ekelhafte Bild verjagen, ich
mied den Anblick des Redners, nichts half, aus
dem aufgerissenen Doppelkinn fielen fette, satte,
weiße Leichenwürmer.
Mein Magen geriet in Bewegung. Durch spasti-
sche Aufwärtsbewegungen versuchte er, sich seines Inhalts zu entledigen. Ich wischte mir den
kalten Schweiß von der Stirn. Das geknüllte Zeitungspapier in meiner Manteltasche fiel mir ein.
Aber ich konnte doch nicht auf Beerenbaums
Beerdigung öffentlich in Zeitungspapier kotzen,
nur weil der Redner ein Doppelkinn hatte. Was
konnte mir den Ekel vertreiben. Ich mußte mich
ablenken, aber wie. Ich knöpfte den Mantel auf
und drückte mit der flachen Hand gegen den
Magen.

»Era gia alquanto
avanzata la notte,
quando nelle mi stanze, ove scoletta
mi trovai persventura ... a«
Ich wußte zwar nicht, was die Verse bedeuteten,
hatte den »Don Giovanni« inzwischen aber so oft
gehört, daß ich die meisten Arien mitsingen konnte, auf italienisch.
»... entrar io vidi
in un mantello avvolto
un uom che al primo istante
avea preo per voi;
ma riconobbi poi
che un inganno era il mio ...«
Stumm sang ich gegen das Doppelkinn und das
Elend in meinem Magen an. Ich sang, und ich
hörte mich singen. Ich hatte die Stimme von Bir-
git Nilsson. Mein Gesang strömte wie Blut durch
meinen Körper, in Arme, Beine, Kopf und Magen, so laut, so drängend, daß ich nichts mehr
hören konnte außer meiner eigenen wunderbaren
Nilssonstimme und Donna Annas Klage.

*

Ich erwachte mit Kopfschmerzen und mit der dif-
fusen Erinnerung an einen bedrohlichen Traum.

Es war ein Freitag, Markttag und Beerenbaumtag. Ich arbeitete schon sechs Wochen für Beerenbaum, und die Stunden, in denen ich bedauerte,
mich auf die Sache eingelassen zu haben, mehrten
sich. Ich hielt mich zwar streng an den Vorsatz,
meinen Kopf von jeglicher Erwerbstätigkeit aus-
zuschließen, indem ich Beerenbaum verschwieg,
was ich über ihn und seine Memoiren dachte.
Aber daß ich darüber nachdachte, daß ich ganze
Tage und halbe Nächte mit Beerenbaum haderte,
konnte ich nicht verhindern.

Bei unserem letzten Treffen hatte er mir den Satz
diktiert: »Gestützt auf den reichen Erfahrungs-
schatz der Leninschen Partei sowie ihre brüder-
liche Hilfe, führte unsere Partei die Arbeiterklasse
zum Sieg und errichtete für immer den Sozialismus im ersten Arbeiter-und-Bauern-Staat auf
deutschem Boden.« Kein besonderer Satz, nur einer von Tausenden geschriebenen und gesprochenen Sätzen, die einem mit der Zeit sowenig auffielen wie die Anzahl grauer Haare auf dem Kopf
eines Menschen, den man jeden Tag sieht. Aber
diesen Satz hatte ich mit meiner eigenen Hand
aufschreiben müssen. Ich bekam Geld dafür, daß
ich ihn aufschrieb. Wäre ich nicht sicher gewesen,
daß Beerenbaum meinen Widerspruch erwartete,

hätte ich ihn wenigstens nach einer der fünf Lügen gefragt, die der Satz enthielt.

Es war Freitag und Beerenbaumtag. Während ich frühstückte, spürte ich dem Traum nach, der ein klebriges Unbehagen in mir hinterlassen hatte. Die Erinnerung daran schwebte durch das Zimmer wie ein Phantom, kaum näherte ich mich, zerstob es zu nichts. Ich nahm eine Tablette gegen die Kopfschmerzen. Es war halb elf. Noch vier und eine halbe Stunde bis zum Dienstantritt bei Beerenbaum.

Ich wollte mir gerade ein heißes Bad einlassen, als es klingelte. Irma kam vom Markt. Sie stapfte an mir vorbei in die Küche. Du hast doch Zeit, sagte sie und stellte ihren Einkaufskorb neben den Kühlschrank. Ich habe Schmorgurken gekauft, meine Kinder essen so gerne Schmorgurken. Ißt du auch so gerne Schmorgurken, fragte Irma, während sie zielstrebig über den Korridor in das Zimmer marschierte. Ich lief hinter ihr her. Sie ließ sich seufzend in die schwarzen Sessel fallen. Irma wirkte plump, war aber nicht dick. Trotzdem waren drei Sessel besetzt, als sie saß. Immer waren drei Sessel besetzt, wenn Irma an meinem Tisch saß. Es war unmöglich, in einem der Sessel zu sitzen, die links und rechts von dem standen, in dem Irma ihren Platz genommen hatte. Auf die Rückenlehne des linken legte sie einen Arm, während über die Sitzfläche des rechten Sessels das spitz angewinkelte Knie jenes Beins ragte, dessen Knöchel auf Irmas anderem Oberschenkel ruhte. Ich fand es anstrengend, so zu sitzen; Irma nicht.

Ich muß mit jemandem sprechen, sagte Irma, du kannst dir nicht vorstellen, wie deprimiert ich bin.

Ich nahm an, daß sie so deprimiert war wie immer, wenn sie bei mir klingelte. Wenn Irma nicht deprimiert war, besuchte sie mich nicht. Erst bei einer neuerlichen Depression erfuhr ich dann, daß sie vorgestern, als es ihr wirklich unheimlich gut gegangen war, mit ein paar Freunden ein Fest gefeiert hatte. Ich hielt für möglich, daß ich Irma haßte.

Ich finde es so furchtbar. Findest du es nicht furchtbar, sagte Irma.

Was, fragte ich.

Hörst du keine Nachrichten. Sie haben es in den Nachrichten gesagt, an der russisch-chinesischen Grenze haben sie schon wieder geschossen. Es gibt Krieg, das ist doch ganz klar.

Irma nahm sich eine von meinen Zigaretten.

Mir ist vollkommen klar, daß es jetzt Krieg gibt,
sagte sie, wobei sie nur die inneren zwei Drittel
ihres breiten Mundes öffnete, die Mundwinkel
aber fest geschlossen hielt, eine Art des Spre-
chens, die ich nur von Irma kannte und die dem
Zuhörer zu verstehen gab, daß der soeben mitge-
teilte Sachverhalt selbstverständlich war und es
kaum lohnte, dafür den Mund zu öffnen.
Den Ausbruch des russisch-chinesischen Krieges
hatte Irma schon einige Male angekündigt, so
daß ich glaubte, mich aller Zeichen der Überraschung enthalten zu dürfen, was Irma mir als
Blödheit auslegte. Sie öffnete ihren ganzen Mund
zu einem breiten Lächeln, das ihre obere Zahnreihe bis über das Zahnfleisch freilegte, und sagte:
Ich glaube, du verstehst mich nicht richtig, es
gibt Krieg. Die Russen brauchen jetzt einen
Feind. Sie können sich nicht ernähren, es ist un-
glaublich, aber sie können sich nicht ernähren,
verstehst du. Irma lächelte immer noch. Nach
Europa trauen sie sich nicht, also müssen sie mit
den Chinesen Krieg machen. Das ist doch ganz
klar. Irma schüttelte ihren großen Kopf mit den
wirren Locken, verstärkte ihr Lächeln zu einem
tiefen, mitleidigen Lachen und sagte: Also, ich
kann dir gar nicht sagen, wie klar mir das ist.

In ihrer intimen Kenntnis der russischen Politik
berief sich Irma auf eine russische Großmutter,
die in den zwanziger Jahren als Schauspielelevin
nach Berlin gekommen war und dort einen Deutschen geheiratet hatte. Der Anteil russischen Blu-
tes in ihr, behauptete Irma, befähige sie zu einer
tieferen Einsicht in die russische Seele, als es den
rationalen Deutschen gemeinhin möglich sei.
Meinst du, daß es diesmal wirklich Krieg gibt,
fragte ich.
Was denn sonst, sagte Irma unter einem schrillen
Kichern, und dann, nun wieder mit fest geschlossenen Mundwinkeln: Also wirklich, ja, wenn ich
meine Kinder nicht hätte, würde ich mich umbringen. Das hält man doch nicht aus, immer nur
darauf zu warten, daß es losgeht. Und man kann
nicht mal auswandern, nach Neuseeland oder
Australien. Sogar meine Kinder träumen schon
vom Krieg.
Ich verschwieg, daß ich nie vom Krieg träumte.
Ich verstand überhaupt nicht, warum die Leute
den allgemeinen Tod mehr fürchteten als ihren
eigenen. Als wäre es leichter, allein zu sterben.
Nachts aufwachen, verstehen, daß man jetzt zu
sterben hat, allein, abschiedslos, keiner, der mir
eine Lüge vom Jenseits verspricht, niemand, der

sagt, vielleicht sehen wir uns wieder; das wäre der schreckliche Tod.

Mein Kopfschmerz zog über den Nacken bis in die Schulter. Ich wußte nicht, wie Irma zu trösten war. Wenn der Krieg da ist, kannst du dich doch immer noch umbringen, sagte ich.

Hast du keine Phantasie, fragte Irma, oder interessiert dich das nicht.

Ich meine es ernst, sagte ich, wir wissen unser Leben lang, daß wir sterben müssen, und bringen uns trotzdem nicht um, die meisten bringen sich jedenfalls nicht um. Irma, sagte ich, ich habe furchtbare Kopfschmerzen.

Irma zog ihr Knie und den ausgestreckten Arm ein. Ich glaube, wir werden hier alle verrückt, glaubst du nicht, daß wir alle verrückt werden. Wäre das nicht komisch: Wir werden alle verrückt und merken es gar nicht, weil wir alle zusammen ganz langsam verrückt werden und es darum gar nicht merken können.

Das wäre ziemlich komisch, sagte ich.

Plötzlich war Irma still und paßte in einen einzigen Sessel. Der Rock war ihr über die mageren Knie gerutscht, an denen sich die sonst fleischigen und säulenförmigen Beine leicht nach innen knickten, zu große, rührende Kinderbeine, deren

Ungeschicklichkeit durch Irmas Vorliebe für grell-rote Stöckelschuhe auffiel. Sie tat mir leid. So ging es mir mit Irma immer, entweder haßte ich sie, oder sie tat mir leid.

Willst du einen Tee, fragte ich.

Ich muß die Schmorgurken machen, für die Kinder, es geht mir auch wieder besser, wirklich. Es wäre sogar das beste, wenn wir alle verrückt würden, findest du nicht, daß es das beste wäre.

Ich sagte, daß ich es auch das beste fände, und dachte, daß ich auf der Stelle verrückt werde, wenn sie nicht endlich geht.

Als ich die Tür hinter ihr schloß, nahm ich mir vor, sie erst wieder zu öffnen, wenn ich die Wohnung verlassen mußte, um meine Arbeit bei Beerenbaum anzutreten. Hätte ich mich entschließen können, doch noch auf den Markt zu gehen, hätte ich Irma und ihre kruden Ideen vielleicht vergessen, und es wäre nicht zu dem Streit mit Beerenbaum gekommen. Aber so war es mit Irma, sie zog zufrieden ab wie ein satter Vampir, und ich blieb matt und blutleer zurück. Irmas Idee, wir würden alle zusammen langsam, und ohne es zu merken, verrückt, begleitete mich bis vor Beerenbaums Haustür. Es war Freitag, Beerenbaum öffnete selbst. Er trug ein hellblaues Hemd unter

einer dunkelblauen, mir noch unbekannten Strickjacke, dazu eine graue Hose und nicht, wie sonst
immer, die bordeauxroten Lederpantoffeln, sondern schwarze Schnürschuhe. Er begrüßte mich
lächelnd und gut gelaunt, als hätte er gerade etwas in hohem Maße Erfreuliches erlebt oder als
erwarte er dergleichen. Ich hatte immer noch
Kopfschmerzen, und Beerenbaums unverhohlener
Frohsinn reizte mich.

So mußte er früher ausgesehen haben, als seine
Hand noch nicht an ihrem Gelenk schlotterte, als
er damit noch Beförderungen und Entlassungen
unterschrieb, herrisch auf Beratungstische klopfte
oder die Hand anderen mächtigen Männern zum
Gruß reichte. Ein unzerstörbarer, mit dem ewigen
Leben beschenkter Beerenbaum.

Schön, daß Sie da sind, sagte er, ich erwarte
gleich einen seltenen Gast. Wir werden heute ein
wenig später mit der Arbeit beginnen.

Er führte mich in das Wohnzimmer, in dem er
mich das erste Mal empfangen und das ich seitdem nicht wieder betreten hatte.

Ich muß Sie heute mißbrauchen, aber keine
Angst, Frau Polkowski, keine Kopfarbeit, keine
Kopfarbeit. Es wird gleich ein Schriftsteller kom-
men, Victor Sensmann, er soll einige interessante

Bücher geschrieben haben, ich kenne sie nicht, habe mir aber berichten lassen. Ich möchte Sie bitten, bei dem Gespräch zugegen zu sein und den Verlauf zu notieren.

Sie mißtrauen ihm, fragte ich.

Bei Künstlern muß man vorsichtig sein, sie reden sich leicht auf ihre künstlerische Freiheit raus. Kennen Sie etwas von ihm?

Ich hatte zwei Bücher von ihm gelesen, politische Unterhaltungsromane, die ihren Erfolg dem Mißverständnis verdankten, wagemutig zu sein. Weltbekannte Geheimnisse erzählte Sensmann so gewichtig, daß man denken mußte, er hätte darunter ein anderes, das wirkliche Geheimnis versteckt. Ich sagte, daß ich von Sensmann zwar gehört, aber nichts von ihm gelesen hätte.

Beerenbaum bat mich, ihm beim Decken des Kaffeetisches zu helfen. Er öffnete mit der linken Hand eine Glastür der Schrankwand, in der ein Meißner Kaffeeservice mit Weinlaubdekor stand.

Drei Tassen und was so dazugehört, sagte er und ging, schneller und gestraffter als an anderen Tagen, in die Küche, um das Kaffeewasser aufzusetzen.

Beerenbaum und ich deckten gemeinsam den Kaffeetisch für einen Gast, den wir gemeinsam erwarteten. Ich registrierte meine routinierten Bewegungen. Untertassen, Tassen, wo, bitte, sind die Teelöffel. So hatte ich, als mein Vater noch lebte, an Sonntagen mit meiner Mutter den Kaffeetisch gedeckt. Etwas obszön Familiäres breitete sich aus zwischen Beerenbaum und mir, eine verbotene Normalität.

Endlich klingelte es. Beerenbaum ließ sich Zeit für die wenigen Schritte bis zur Haustür, als wollte er den Eindruck vermeiden, er habe seinen Gast mit Ungeduld erwartet.

Victor Sensmann sah aus wie auf den Fotos, die ich von ihm gesehen hatte: ein blasses Gesicht, in dem die breiten Kieferknochen auffielen, kleine, wie von einem ewigen Lächeln umfältelte Augen, hochgezogene Brauen unter einer quergefurchten Stirn, alles verriet die Anstrengung, in jeder Sekunde einen interessierten und nachdenklichen Eindruck zu erzeugen. Er trug Jeans und ein erdfarbenes Wolljackett mit Lederflicken auf den Ärmeln. Beerenbaum stellte mich als seine rechte Hand vor und legte zum Beweis das zitternde Stück Fleisch, das ich zu ersetzen hatte, auf den Tisch.

Er mißtraut Künstlern, sagte ich, um meine Anwesenheit zu erklären.

Zu Recht, zu Recht, sagte Sensmann eilfertig, wobei nicht klar war, ob er Beerenbaum zustimmte oder ob er ihm drohte.

Ich goß den Kaffee ein. Sensmann bedankte sich mit einem flüchtigen Augenaufschlag. Was ihn hergeführt habe, sei Beerenbaums faszinierende Biografie, sagte er. Ich fand das übertrieben, aber verzeihlich, schließlich mußte er Beerenbaum gnädig stimmen, ihm notfalls sogar schmeicheln, wenn er etwas von ihm erfahren wollte. Ich war sogar gewillt, seine übertriebene Höflichkeit – fast jeden seiner Sätze leitete er mit der Anrede »Herr Professor« ein – als Ironie oder Zeichen souveräner Verachtung auszulegen. Beerenbaum hatte allerdings keine Mühe, darin nur Respekt zu erkennen. Man mußte Sensmann nicht erleben, um zu wissen, daß er kein Aufrührer war. Auch in seinen Büchern gab es keine Aufrührer, nur wehrlose Geschöpfe mit vertrockneten Seelen, so daß ich mich bei der Lektüre gefragt hatte, wie er auch nur für die Dauer des Schreibens die Gesellschaft dieser Leute freiwillig ertragen hatte, ohne sich einen Aufrührer für sie oder gegen sie zu erschaffen. Er war viel dünner, als ich ihn mir vorgestellt hatte, ein dürrer Körper ohne Fleisch und Muskeln, vor dem er die mageren Gliedmaßen quer und kantig

verschränkt hielt, wodurch er an einen zusam-
menklappbaren Gartenstuhl erinnerte. Er rührte
mich, und obwohl mich seine schwächliche Gestalt und deren Widerschein in seinen Büchern
eher abstießen, konnte ich die Vorstellung, daß er
von mir dachte, was ich von der Haushälterin
dachte, daß sie nämlich Beerenbaums ergebene
Kreatur war, nicht ertragen. Es drängte mich, ihn
erkennen zu lassen, daß er, falls er sich eine Ver-
bündete gegen Beerenbaum wünschte, diese in
mir hatte und daß er auf mich rechnen könnte.
Eine halbe Stunde später stand ich schreiend zwischen der spiegelblanken Schrankwand und der
samtbezogenen Polstergarnitur, beschimpfte Sensmann als einen widerlichen Schleimscheißer und
Beerenbaum als engstirnigen Bonzen, deren
Handlanger ich keine Sekunde länger sein wolle.
Der Anlaß meines Wutanfalls, dessen kindlicher
Maßlosigkeit ich mich schon im Augenblick seines
Ausbruchs schämte, war lächerlich; so lächerlich
wie die Annahme, ein Mann wie Victor Sensmann, und sei er dürr wie Christus am Kreuze,
bedürfe meines Beistands.
Sensmann hatte erzählt, er arbeite an einem Roman über das Berliner Universitätsleben zu Be-
ginn der sechziger Jahre, und da Beerenbaum je-

ne Zeit in wichtiger Funktion an der Universität erlebt habe, erhoffe er von ihm Aufschluß über einige wenig dokumentierte Hintergründe. Noch während Sensmann sprach, breitete sich auf Beerenbaums Gesicht das Wohlwollen dessen aus, der reichlich zu verschenken hat, worum er gerade gebeten wird. Das war eine aufregende Zeit, wie Sie sich denken können, so kurz nach dem Bau unseres Antifaschistischen Schutzwalls, sagte er.

Allein die Zumutung, das Wort hinzuschreiben, als wäre es ein Wort wie Blume, Hund und Mauer, empörte mich. Ich notierte: B: Zeit nach Bau des Antifaschuwa war aufregend.

Sensmann sagte, er sei damals vierzehn gewesen, was heißen konnte, er war zu jung, um sich zu erinnern, oder er war alt genug, um sich genau erinnern zu können. Allein die Mitteilung, daß Sensmann damals vierundzwanzig Jahre jünger war als jetzt, erschien mir zu belanglos, um sie zu protokollieren.

Damals, sagte Beerenbaum, vor dem historischen August 61, habe er, wenn er morgens beim Betreten der Universität die Linden hinunterblickte, oft die Vision gehabt, Ströme des Lebenssaftes der jungen Republik, rot und pulsierend, durch das

Brandenburger Tor geradewegs in den gierigen Körper des Feindes fließen zu sehen.

Sensmann schwieg, zündete sich eine Zigarette an; während er den Rauch des ersten Zuges ausstieß, sah er mich an. Dieser Blick, dazu das entspannende, einem Seufzer ähnliche Ausatmen, verführte mich zu glauben, er habe mir die Erleichterung signalisieren wollen, die ihm der Anblick einer Gleichgesinnten, als die er mich endlich ansah, bereitete. Ich meinte sogar, in Sensmanns Augen die Bitte um Hilfe erkannt zu haben. Sensmann durfte den offenen Widerspruch nicht wagen, und ich sollte ihm helfen.

Da haben Sie das Blut lieber selbst zum Fließen gebracht und eine Mauer gebaut, an der Sie den Leuten die nötigen Öffnungen in die Körper schießen konnten, sagte ich.

Zwei oder drei Sekunden lang war es so still, als hielten wir alle drei den Atem an. Dann sagte Beerenbaum und lächelte dabei zu Victor Sensmann: Ja, Frau Polkowski, auch mit Ansichten wie der Ihren hatten wir damals an der Universität zu kämpfen.

Und Sensmann sagte zu Beerenbaum in einem Ton, der klang, als verständigten sich vernünftige Erwachsene hinter dem Rücken eines uneinsichtigen Kindes: Ich glaube auch, daß es eine notwendige Entscheidung war.

Ich schmiß meinen Bleistift zwischen das Meißener Geschirr mit dem Weinlaubdekor und schrie.

*

Zum Unglück meiner Kindheit gehörte, daß mein Vater Direktor der Schule war, deren Schülerin ich nach stadtbezirklicher Schuleinzugsgebietsordnung zu sein hatte. Mein Vater hatte einige Male versucht, mir, vor allem sich selbst, diese Marter zu ersparen. Nach dem unerbittlichen Willen der Behörde aber blieben wir über zehn Jahre auch außerhalb der familiären Häuslichkeit aneinander gefesselt.

Die Abwesenheit meines Vaters während meiner ersten sieben Lebensjahre hatte meine Erziehung zur Angelegenheit von Ida und meiner Mutter werden lassen. Mein Vater griff nur ein, wenn er glaubte, meine Mutter gegen mich verteidigen zu müssen, oder, was häufiger vorkam, wenn es sich um meine politische Erziehung handelte. Dann setzte er sich zu mir an den runden Eßtisch, auf dem die weiße Decke mit den blauen Punkten lag, und sprach vom Bollwerk des Sozialismus, das den imperialistischen Kriegstreibern trotze, vom ruhmreichen Kampf der Kommunisten für die endgültige Befreiung der Menschheit, von letzten Blutstropfen und heiligen Toten, denen auch er geschworen habe. Interessanter war es, wenn er erzählte, wie er, ein Arbeiterjunge, sich mit den Gymnasiasten geprügelt hat, was er als »meine Schule des Klassenkampfs« bezeichnete. Vor den Wörtern Gymnasium und Gymnasiasten machte er immer eine kleine Pause, als sammle er sie wie Spucke im Mund, um sie dann verächtlich auszuspucken.

Es war gleichgültig, worüber er sprach. Daß er sich mit mir allein an den Tisch setzte und seine Sätze nur an mich richtete, war das einzige, was zählte. Meistens hörte ich ihm kaum zu, sondern war damit beschäftigt, ihn glauben zu machen, ich hörte zu. Ich versuchte, intelligent und aufmerksam auszusehen, nickte hin und wieder verständig, damit er nicht entmutigt wurde im Erzählen. Trotzdem dauerten seine pädagogischen Bemühungen nie länger als zwanzig Minuten. Dann drückte er beide Hände flach gegen die Tischkante, stieß sich nach hinten, sagte: So, dann werden wir mal wieder, und ging in sein Arbeitszimmer.

Ich dachte mir Fragen aus, von denen ich annahm, daß sie ihm gefielen. Alle wieviel Jahre wird ein Genie wie Stalin geboren? – Alle hundert, vielleicht nur alle zweihundert. Gibt es im Kommunismus keine Mörder mehr? – Nein, dann gibt es keine Mörder mehr. Es waren die falschen Fragen, sie ließen sich zu schnell beantworten. Ich stand noch erwartungsvoll neben dem Eßtisch, wenn er das Zimmer schon verlassen hatte.

Ich begann, mir Fragen auszudenken, die er nicht in einem Satz, verteilt auf vier oder fünf Schritte an mir vorbei, abtun konnte, und machte dabei eine Entdeckung, ohne die meine Kindheit, Jugend und wer weiß was noch alles anders verlaufen wären. An dieser Frage hatte ich eine Woche gearbeitet. Ich war sicher, daß sie ihn beeindrucken würde und daß sie kompliziert genug war für ein längeres Gespräch am Eßtisch. Ich wartete einen Abend ab, an dem meine Mutter später nach Hause kam und ich hoffen konnte, daß niemand ihn von mir und meiner Frage ablenken würde. Er und ich saßen beim Abendessen. Er aß ein Tomatenbrot. Wenn die Arbeiterklasse die fortschrittlichste Klasse sei, sagte ich, hätte sie auch als einzige Klasse den Faschismus verhindern können; warum die Arbeiterklasse das nicht getan habe.

Durch einen Skorbut während der Gefangenschaft hatte er alle Zähne verloren. Wenn er Brot aß, fuhr er sich oft mit der Zunge zwischen Gebiß und Zahnfleisch, um die Krümel abzulecken. Er hob die untere Zahnreihe weit über die Unterlippe, wobei er aussah, als fletschte er wütend die Zähne. Als er den Bissen endlich geschluckt hatte, fragte er, wer mir diesen Unsinn eingeredet hätte.

Schlimmer hätte es nicht kommen können. Nicht nur, daß ihm die Frage nicht gefiel, er bezweifelte sogar meine Urheberschaft. Ich verteidigte mich, ich weiß nicht mehr, wie. Mein Vater war überzeugt, ich sei ein Opfer feindlicher Hetze geworden, konnte mir aber nicht erklären, wer außer der Arbeiterklasse den Faschismus hätte verhindern können.

Willst du sagen, nicht der Täter, sondern das Opfer ist schuldig, schrie mein Vater.

Wenn das Opfer sich nicht wehrt, hat es auch Schuld, schrie ich. Ich kämpfte um die Schuld des Opfers wie um mein Leben. Die Leidenschaft dieses Abends hat sich mir so tief eingeprägt, daß ich mich bis heute sträube, Opfer und Unschuld gleichzusetzen, was meine Gedanken zuweilen auf gefährliche Pfade führt.

Vor allem aber lernte ich an diesem Tag, daß ich meinen Vater nur dann für mich interessieren konnte, wenn ich ihm Fragen stellte, die ihm nicht gefielen. Über die Schuld der Arbeiterklasse stritten wir, bis meine Mutter nach Hause kam und uns trennte.

Da es mir nicht gelungen war, ihm zu gefallen, dachte ich fortan nur noch darüber nach, wie ich ihm mißfallen konnte. Ich fragte nicht mehr nach den heldenhaften Taten der Kommunisten; ich bezweifelte sie. Ich ließ mir nicht mehr erklären, was es bedeutete, wenn ich irgendwo gehört hatte, es gäbe keine Meinungsfreiheit. Ich behauptete es selbst. Meine Eltern konnten sich den verheerenden Wandel meiner politischen Ansichten nicht anders erklären, als daß ich feindlichen Einflüssen in meiner nächsten Umgebung ausgesetzt war. Der Verdacht fiel auf meine Klasse, und mein Vater, der Direktor, ergriff Maßnahmen, um der ideologischen Unterwanderung der 7b entgegenzutreten.

Ab sofort wurde der Unterricht mit einer Zeitungsschau eröffnet, und jeder Lehrer schien angehalten, uns seinen Teil des Wissens keinesfalls ohne dessen politische Deutung zu vermitteln. Mathematik war nicht einfach Mathematik; die

Mathematik in den Händen des Klassenfeinds war ein Unterdrückungsinstrument der herrschenden Klasse, ebenso die Biologie, die Chemie und der Sport.

Meine Lage war entsetzlich. Allein meine Existenz machte mich schuldig, mich, die Tochter des Direktors, die ihre ganze Klasse pädagogischen Torturen aussetzte, nur weil sie sich mit ihren Eltern stritt.

Zudem sah ich das Mißtrauen in den Augen meiner Mitschüler, die annehmen mußten, ich hätte sie denunziert. Um mich vor ihnen zu rehabilitieren, mußte ich eindeutiger als alle anderen gegen die Erziehungsmaßnahmen protestieren, öfter als sie die Lehrer mit hinterhältigen Fragen traktieren; ich mußte mich, wollte ich in meiner Klasse überleben, an die Spitze des Widerstands stellen.

Ich war dreizehn. Ich hatte erreicht, daß mein Vater sich nun für mich interessierte. Vor dem Einschlafen wünschte ich mir manchmal, daß er stirbt.

In diesem Jahr wies die oberste Schulbehörde meinen Vater an, den Aufmarsch zum 1. Mai von den Schülern vorher fünfmal proben zu lassen, unsere Schule, meine Schule und die meines Va-

ters, sei im Jahr zuvor durch Disziplinlosigkeit
und militärisches Unvermögen beschämend aufgefallen. Zu Hause tobte mein Vater. Die Schulinspektorin sei eine blöde Gans, eine dumme Ziege,
im Erfinden von Schimpfwörtern war er phantasielos, er war überhaupt phantasielos. Schließlich
sei er kein Kasernenhofschleifer und die Schule
kein Kasernenhof. Er werde sich etwas ausden-
ken. Er dachte sich nichts aus. Und wir mar-
schierten. Durch die Kurt-Fischer-Straße, vorbei
an der Schönholzer Heide bis zum Friedhof, auf
dem wir jetzt Beerenbaum begruben, und zurück,
jeden Nachmittag von Dienstag bis Sonnabend,
am Sonnabend regnete es. Während des Marsches
durch die Kurt-Fischer-Straße, auf der Höhe des
Hauses, in dem der Schriftsteller Stephan Herm-
lin wohnt, beschloß die Reihe, zu deren rechtem
Flügelmann ich bestimmt worden war, sich der
Tortur durch Flucht zu entziehen. Wir warteten
einen kleinen Weg ab, zu dem ein kaum sichtba-
rer, höhlenartiger Eingang führte, den andere
Kinder durch das dichte, die Straße von der
Schönholzer Heide abgrenzende Strauchwerk ge-
schlagen hatten. Darin verschwanden wir schnell
und lautlos wie Winnetou, und hätte Renchen
Baude uns nicht der Schulleitung gemeldet, wäre

unsere Flucht vermutlich ohne Folgen geblieben. Aber Renchen Baude meldete uns, und zwar nicht, wie sie, von uns zur Rede gestellt, erklärte, weil sie unsere Tat grundsätzlich mißbilligte, sondern weil wir die übrigen, auch sie, Renchen Baude, im Stich gelassen hätten. Die Flüchtigen einigten sich, daß ich als Tochter des Direktors am wenigsten zu befürchten hätte und darum die Rolle des Rädelsführers auf mich nehmen müßte, eine Zumutung, die ich dankbar annahm, weil sie mir Gelegenheit gab zu beweisen, daß ich wirklich zu ihnen gehörte und daß ich einen Dreck darauf gab, die Tochter des Direktors zu sein, daß ich überhaupt einen Dreck auf die Schule gab, auf meinen Vater und auf meine Mutter. Daß ich einen Dreck gab auf alles, was mich in ihren Augen verdächtig machen könnte.

So geriet ich in das Dreieck zwischen van Goghs Sonnenblumen, meinem Vater und meiner Mutter. Alle starrten mich an, die einen gleichmütig, mein Vater haßerfüllt, meine Mutter verzweifelt. Alle waren sich einig. Mein Vater mit der Schulinspektorin, die keine blöde Gans mehr war, sogar mit Renchen Baude, obwohl sie eine schlechte Schülerin war; meine Mutter mit meinem Vater, weil er recht hatte; die Sonnenblumen hingen an der Wand und gehörten dazu. Eine eiserne Einigkeit, die ich durch etwas, das ich nicht verstand, heraufbeschworen hatte und der ich ratlos und schreiend gegenüberstand.

Diese Einigkeit war es, die ich zwischen Sensmann und Beerenbaum wiedererkannte: das strikte Einhalten der aus Interessen erwachsenen Spielregeln. Diesmal war ich die Dienstmagd solcher Einigkeit, nicht ihr Opfer. Und wieder stand ich plötzlich zwischen Schrankwand und Polstermöbeln und schrie. Ob denn niemand wisse, daß wir alle zusammen ganz langsam, ohne es zu merken, verrückt würden, schrie ich, ob denn niemand die Nachrichten gehört hätte. Es gibt Krieg, es sei ganz klar, daß es Krieg gibt, Krieg zwischen lauter Verrückten, die nicht wissen, daß sie verrückt geworden sind, und wer weiß, was ich noch alles geschrien habe.

Als ich die Tür hinter mir zuwarf, stand vor dem Haus ein karmesinrotes Auto, und ein schmaler, hochgewachsener Mann kam durch den Vorgarten. Er hatte ein blasses, fast bleiches Gesicht und darin graue, unbewegte Augen, so stumpf und glänzend zugleich, als könnten sie gar nichts sehen oder alles. Ob es an meinem erregten Gemüt lag oder an den Kopfschmerzen, die immer noch meine rechte Hirnhälfte quälten, oder ob es die Folgen von Irmas Besuch waren, ich glaubte dem Tod in die Augen zu sehen. Das war meine erste Begegnung mit Michael Beerenbaum.

Kein Geräusch als das Rascheln der welken Blätter unter meinen Füßen. Leblos lag das »Städtchen« im Oktoberdunst. An den Masten in den Vorgärten hatten die unsichtbaren Bewohner der Häuser Fahnen gehißt, die schlaff in der Windstille hingen. Ich lief auf dem Fahrdamm, dicht neben dem Rinnstein, wo der Wind die Blätter gehäufelt hatte, und zog lärmend die Füße durch das modrige Laub, bis ich das Halbrund des »Städtchens« verlassen hatte und die Autos mich auf den Gehweg trieben. Alles gehört ihnen, dachte ich, die Pflastersteine, die Häuser, die Bäume, das Licht hinter den Fenstern. Alles gehört Beerenbaum und diesem Mann mit den toten Augen, wahrscheinlich gehört es auch Sensmann. Auch ich gehörte ihnen, sobald ich dieses Haus betrat, das verfluchte Haus Nummer sechs in der Stillen Zeile mit den Perserteppichen und Blumengardinen, mit der Schrankwand und der Polstergarnitur und dem verrosteten Birkenwäldchen an der Wand statt van Goghs Sonnenblumen.

Zu Hause erschien es mir sinnlos, das Licht einzuschalten. Ich saß auf einem der schwarzen Sessel und stellte mir vor, wie häßlich und lächerlich ich ausgesehen haben mußte, als ich mich vor Sensmann und Beerenbaum aufgeführt hatte wie ein tobendes Kind. Alles, was man tut, ist falsch, dachte ich, man kann nur das Falsche tun. Jeder Schritt, den ich gehe, führt zu einem Fehler, jeder Handgriff bewegt etwas Falsches. Was ist das für eine Welt, in der es das Richtige nicht zu tun gibt. Zum Beispiel meine Tante Ida, die dreißig Jahre ihres Lebens damit zugebracht hat, Notizbücher, kleine Trachtenpuppen, Nußknacker und Wandteller einzukaufen, die eine Gesellschaft, bei der Ida ihr weniges Geld verdiente und deren Namen nur Gutes verhieß, Gesellschaft zur Verständigung aller Völker, an ihre Freunde im Ausland verschenkte. Was konnte daran falsch sein, kleine Trachtenpuppen zu kaufen, damit jemand sie als Freundesgabe verschenkte. Als ich Ida erzählte, was man mir erzählt hatte, daß nämlich die Gesellschaft zur Verständigung aller Völker eine Filiale des Geheimdienstes sei, lachte sie, sagte, sie sage ja immer, die Leute sähen Gespenster, und besorgte diesen Plunder weiterhin Tag für Tag, bis sie starb. Und wer konnte wissen, was Idas kleine Trachtenpuppen alles angerichtet haben. Man könnte sie zum Beispiel an einen deutschstämmigen Amerikaner in Lexington, Kentucky, verschenkt haben. Alle Deutschamerikaner betreiben Ahnenforschung, auch dieser, dessen Vorfahren zweihundert Jahre früher von Mecklenburg nach Amerika ausgewandert waren. Der Mann aus Lexington, Kentucky, hatte sich eine heimliche Liebe zu Mecklenburg erhalten, die durch die Puppe, die natürlich in mecklenburgische Tracht gekleidet war, derart entfacht wurde, daß der Mann bereit war, den noch geheimgehaltenen Namen des hoffnungsvollsten Rennpferdes aus Lexington, Kentucky, zu erkunden und an den Überbringer der kleinen Trachtenpuppe zu verraten, so daß der bulgarische Geheimdienst bei einem der bevorstehenden Pferderennen seinen Regenschirm mit der vergifteten Spitze gegen das favorisierte Pferd, dem eine Zukunft gleich der des unerreichten Man o'War vorausgesagt war, in Aktion bringen konnte und damit dem russischen Hengst Anilin, Träger des Ordens Held der Sowjetunion, der Sieg bei dem Großen Internationalen Derby sicher war. Ida hätte ihre Mitschuld an dem Verbrechen nicht leugnen können, auch wenn sie von den hinterhältigen Machenschaften der Gesellschaft zur Verständigung aller Völker

keine Ahnung hatte und auch nicht wissen konnte, welche politische Bedeutung dem Mord an
einem Pferd wie Man o'War zukam, dessen Bilder
an den Wänden in Kentuckys Amtsstuben und
Destillen hingen wie bei uns die Porträts des
Staatsoberhaupts. Mir hatte es zufällig ein durch-
reisender Germanistikstudent aus Lexington, Kentucky, erzählt, den der Graf eines Abends in die
Kneipe mitbrachte.

Als ich Idas Wohnung leeren mußte von allem,
was sie zeit ihres Lebens darin zusammengetragen
hatte, fand ich drei Kartons voller Trachtenpuppen, die Ida eigenen Freundschaftsdiensten vorbehalten hatte. Ich schenkte sie den Kindern, die
neben den Mülltonnen spielten, in die ich Idas
Leibwäsche, alte Schuhe und sonstige unbrauch-
bare Hinterlassenschaft warf, ehe Ida selbst zu
Asche verbrannt wurde.

*

Ich wollte nicht mehr für Beerenbaum arbeiten,
obwohl ich, wenn ich es genau bedachte, dabei
nicht schuldiger werden konnte als eine Schreibmaschine. Wer würde eine Schreibmaschine für
schuldig halten, nur weil ein Mörder sein Ge-
ständnis auf ihr geschrieben hatte. Aber ich war

keine Schreibmaschine, auch wenn ich Beerenbaum gegenüber so tat, als sei ich benutzbar als solche: zuverlässig, prompt, wartungsfrei, deutsche Wertarbeit. Derweil, nur von mir wahrnehmbar, breitete sich etwas in mir aus, ein gestaltloses Gewächs, das sich um meine Adern schlang wie Ackerwinde, das um mein Herz wucherte und den Magen einschnürte, so daß ich manchmal fürchtete, es fehle meinem Brustkorb der Raum zum Atmen.

Es mangelte mir, wie mein Ausbruch bewies, an der geistigen Distanziertheit des Naturforschers, der ungerührt zusehen kann, während ein Löwe ein Zebra zerfleischt, weil ihn einzig das interessiert: wie der Löwe das Zebra zerfleischt, wie er ihm auflauert, wo der erste Biß ansetzt, ob er es schnell tötet oder langsam. Daß der Löwe das Zebra zerfleischt, gilt ihm als natürlich und unterliegt keiner moralischen Bewertung. Wäre es mir gelungen, Beerenbaum mit dem Blick eines Naturforschers zu betrachten oder, besser noch, mit dem unbeseelten Auge einer Kamera, hätte ich mich unter keinen Umständen als sein Opfer fühlen können, sowenig, wie sich der Naturforscher als das Opfer des Löwen fühlt. Der Naturforscher haßt den Löwen nicht; ich haßte Beerenbaum.

122

Wenn seine Beine, sich früherer selbstbewußter Auftritte erinnernd, die jugendliche Gangart simulierten, haßte ich ihn; wenn er, um nachzudenken, demonstrativ den Kopf in den Nacken legte und die Augen schloß, konnte ich den Blick nicht von seinem hingereckten Hals wenden, an dem sich der Schlund unter der faltigen Haut abzeichnete, und mir fiel ein, daß ich einmal gehört hatte, man müsse einem das Zungenbein eindrükken, um ihn schnell zu erwürgen. Mich ekelte die zarte, welke Haut an seinen kräftigen Händen; mich reizte eine gewisse Schwingung in seiner Stimme, eine heuchlerische Milde, die er einsetzte, sobald er ein Gespräch jenseits unserer Vereinbarung mit mir begann. Ich haßte sogar die Hinfälligkeit seines Körpers, die er unter teuren Strickjacken zu verbergen suchte und die mir, wäre meine maßlose Abneigung eindeutig zu erklären gewesen, eher Genugtuung hätte bereiten müssen. Es kam mir vor, als haßte ich Beerenbaum von Natur aus, als existierte in mir ein genetischer Code, der mich vor Beerenbaum warnte wie ein Huhn vor dem Habicht. Das Huhn fürchtet den Habicht, es haßt ihn nicht. Ich fragte mich, was das ist, das im Menschen die Furcht in Haß verwandelt. Ich hätte Beerenbaum nicht hassen müssen, wenn ich ihn nicht gefürchtet hätte.

Später, als ich den sterbenden Beerenbaum in seinem Gitterbett liegen sah, ausgeliefert einer anderen Macht, vor der Beerenbaums Macht im Leben sich ausnahm wie eine Glühlampe gegen die Sonne, hätte ich mich mit ihm versöhnen können. Er war besiegt, nicht durch mich, aber ich fühlte mich in diesen Minuten als Sieger. Dann, gierig und schamlos, streckte Beerenbaum seine leichenweiße Hand nach mir aus. Sogar den sterbenden Beerenbaum hatte ich zu fürchten, und wirklich besiegt war er erst, als er tot war.

An dem Abend nach Sensmanns Besuch war ich entschlossen, das Haus in der Stillen Zeile sechs nicht wieder zu betreten. Ich wollte nicht mehr für Beerenbaum arbeiten. Ich wollte Klavier spielen lernen.

*

Thekla Fleischer stieß einen kleinen Schrei aus, als sie mich vor ihrer Tür stehen sah. Diese Überraschung, sagte sie, wobei unklar blieb, ob mein Besuch sie freute oder erschreckte. Sie führte mich in das Balkonzimmer, wo auf einem ovalen Tisch ein Teewärmer leuchtete. Durch das Fenster fiel das weiße Licht einer Straßenlaterne. Entschuldigen Sie, sagte Thekla Fleischer und schaltete die Stehlampe an, ich habe nur ein bißchen geträumt. Sie stellte eine zweite Tasse auf den Tisch, bot mir einen Stuhl an und setzte sich selbst auf das Sofa, wo sie offenbar schon den halben Abend träumend in der Dunkelheit verbracht hatte. Ihre Augen hinter den dicken Brillengläsern schimmerten noch ein bißchen feuchter als sonst. Vielleicht hatte sie geweint, vor Glück oder Unglück. Sie fuhr sich durch das Haar, als wollte sie den Knoten ordnen, den sie längst ihrer Liebe geopfert hatte, woran ihre Hände sich nicht gewöhnen konnten und nun verlegen an der Pusteblumenfrisur zupften.

Ich bekomme niemals Besuch, sagte sie, außer meinen Schülern besucht mich niemand. Früher, als meine Mutter noch lebte, kamen ihre Freundinnen zu uns, aber inzwischen sind die auch gestorben. Sie strich über das bestickte Tischtuch und lächelte, als müßte sie sich bei mir entschuldigen für ihre Einsamkeit.

Es ist so schön, daß Sie mich einmal besuchen, sagte sie und balancierte mit ihrer hohen Stimme das »so« auf die Spitze des Satzes.

Ja, sagte ich, wir wohnen nun schon zehn Jahre in einem Haus und haben uns noch nie besucht.

Sie sah mich erwartungsvoll an, und ich fühlte mich dringend aufgefordert zu erklären, was mich gerade an diesem Tag bewogen hatte, an Thekla Fleischers Tür zu klopfen. Sie vermutete, ich sei als Gast gekommen, und ich konnte ihr unmöglich sagen, daß auch ich nur eine Schülerin war und keine Besucherin, daß wirklich niemand sie besuchte, auch ich nicht.

Das war so ein Tag heute, sagte ich. Wenigstens war das nicht gelogen.

Sie saß still auf dem Biedermeiersofa. Ihr dunkelroter Samtanzug, ein weiter, weich fallender Kittel mit ebenso weiten Pumphosen, hatte die gleiche Farbe wie die kleinen Rosen auf dem Bezug des Sofas. Ich hatte nie darüber nachgedacht, wie die Wohnung, in der Thekla Fleischer wohnte, wohl aussähe. Jetzt, da ich sie sah, hätte ich mir keine andere mehr vorstellen können. Ein zierlicher Sekretär, die Kommode, die alte Stehlampe aus Messing mit dem vergilbten Seidenschirm, die gewaltige Myrte vor dem Fenster, ein schöner, auf dem Weg zur Tür abgetretener Teppich, alles von jener überdauernden Historizität wie Thekla Fleischer selbst, die alte Thekla Fleischer in ihren fließenden Gewändern, die immer ein bißchen lächerlich wirkte, wenn sie, mit einem schamvollen

Schwung ihrer barocken Hüften, durch unsere schmale, von parkenden Autos verstellte Straße schritt.

Es sind alles Erbstücke, sagte sie, ich kenne sie, solange ich denken kann. Welch ein Glück, daß Mami nichts wegwerfen konnte, bei all dem häßlichen Kram, den es zu kaufen gibt. Ich brauche schöne Dinge um mich.

Ich dachte an meine schwarzen Sessel und sagte, es passe alles gut zusammen, sie und die Möbel.

Sie sähe hübsch aus auf dem Sofa, sagte ich noch.

Sie klatschte in die Hände wie ein kleines Mädchen. Oh, rief sie, Sie machen mir Komplimente. Welch ein wunderschöner Tag heute. Das müssen wir feiern, ich habe noch einen Likör, den Tante Hildi mir zum Geburtstag geschickt hat. Darf ich Ihnen den anbieten.

Ohne meine Antwort abzuwarten, lief sie in die Küche und kam mit zwei Likörgläsern und einer ungeöffneten Flasche zurück.

Etwas Italienisches, sagte sie und buchstabierte: Amaretto.

Ein ziemlich süßes Zeug, das uns gut schmeckte. Thekla Fleischer erzählte, daß sie, seit ihre Eltern vor vierzig Jahren mit ihr aus Güstrow nach Berlin gezogen waren, in dieser Wohnung wohnte, zuerst zu dritt, ihr Vater, ihre Mutter und sie, dann, nach dem Tod des Vaters, zu zweit und nun allein. Schon ihre Mutter hatte Klavierstunden gegeben. So geht eben alles weiter, nicht wahr.

Ich sagte, es käme mir vor, als sei man in seinem Leben dazu verurteilt, immer wieder die gleichen Fehler zu machen. Selbst wenn man alle äußeren Umstände radikal verändere und glaube, damit die Wiederholung eines bestimmten Konflikts ein für alle Male verhindert zu haben, stünde irgendwo schon wieder die gleiche Falle bereit, in der man sich unweigerlich fangen werde.

Aber Frau Polkowski, sie stellte ihr leeres Glas mit Nachdruck auf den Tisch. Sie dürfen so etwas nicht sagen. Sie sind ein so starker Mensch. Wie Mami. Mami war auch so ein starker Mensch. Man hat mir erzählt, daß Sie Ihren guten Posten aufgegeben haben, obwohl Sie ganz auf sich gestellt sind. Wenn ich Ihren Mut hätte, du lieber Gott, dann hätte ich das Klavier längst zerhackt und die einzelnen Teile zum Fenster hinausgeworfen.

Den Kopf leicht zurückgeneigt, wodurch ihr rundes, konturlos in den Hals mündendes Kinn trotzig hervorstand, den Blick über die Myrte hinweg ziellos durch das Fenster gerichtet, saß sie zwischen dem Rosenmuster des Sofas.

Ob sie denn nicht gern Klavier spiele, fragte ich. Es sei ein Traum von mir, Klavier spielen zu können, ein unerfüllter Traum, weil meine Eltern mir statt des Klaviers ein Akkordeon zum Geburtstag geschenkt hätten, aus pädagogischen Erwägungen. Ich sollte erst einmal die Ernsthaftigkeit meiner Musikliebe unter Beweis stellen, ehe sie sich die enge Wohnung durch so ein schwarzes Ungetüm verschandelten. Aber wie hätte ich auf einem Akkordeon meine Musikliebe beweisen sollen.

Sie hörte mir nicht zu, sah immer noch aus dem Fenster, durch das sie das Klavier werfen wollte.

Ich möchte Terrorist sein, sagte sie plötzlich, Terroristen sind nie allein. Wenn sie ihre Bomben schmeißen, sowieso nicht, und später, im Gefängnis, regt sich die ganze Welt darüber auf, wenn sie allein sitzen müssen. Ich sitze hier jeden Tag allein, und niemand regt sich darüber auf. Sie zog die Füße auf das Sofa und trank den Likör in einem Zug. Ja, sagte sie, so weit ist es mit mir gekommen. Ist das nicht furchtbar. Mami würde sich im Grabe umdrehn, wenn sie wüßte, daß ich solche schrecklichen Dinge sage. Mami war gegen jede Gewalt. Ein starker Mensch wie Mami kann es sich leisten, gegen jede Gewalt zu sein. Natürlich lehne ich es ab, Menschen umzubringen, aber ich lehne es auch ab, immer allein zu sein und keinen Menschen zu sehen außer faulen und unbegabten Klavierschülern.

Das kleine Feuer des Teewärmers spiegelte sich in ihren dicken Brillengläsern und verlieh ihr einen Schein von Tollkühnheit. Wären nicht ihre schweren Hüften gewesen, hätte ich sie mir tatsächlich als Terroristin vorstellen können, eine altmodische russische Anarchistin in einem taillierten Reisekostüm und Schnürstiefeln, eine Tyrannenmörderin, die ihrem Opfer unerbittlich in die Augen sieht, während sie auf seine Stirn zielt.

Sie haben in der letzten Zeit so einen glücklichen Eindruck gemacht, sagte ich.

Wenn ich schon nicht fragen konnte, ob ich ihre Schülerin werden durfte, wollte ich wenigstens ergründen, was es mit Thekla Fleischers sonderbarer Verwandlung auf sich hatte. Von der gereizten Heiterkeit, die ich in den letzten Wochen an ihr wahrgenommen hatte, spürte ich nichts mehr. Statt dessen hilfloser Aufruhr, Sehnsucht nach der verbotenen Tat, die ich zu gut kannte, um nicht sofort von ihr gebannt zu sein. Aber was war mit Thekla Fleischers Liebe, vielleicht der einzigen in ihrem Leben, der sie ihr langes Haar geopfert hatte, für die sie entblößte, was sie Jahrzehnte keusch verborgen hatte.

Ach, Frau Polkowski, sagte sie, und ihre hohe Stimme flatterte wie ein gefangener Vogel, wenn Sie wüßten. Gleich muß ich wieder weinen.

Sie rettete sich in ein nervöses Lachen. Soll ich Ihnen etwas ganz Schönes zeigen, fragte sie, endlich wieder mit dem törichten Lächeln, das ich in der letzten Stunde an ihr vermißt hatte. Sie hob das Sofakissen, unter dem eine Schwarzweiß-Fotografie lag, das Porträt eines Mannes, Thekla Fleischers Geheimnis. Vorsichtig, um keine Abdrücke auf der glänzenden Oberfläche zu hinterlassen, nahm sie das Foto an seinen Rändern zwischen Daumen und Mittelfinger und legte es auf meine flache Hand. Der Mann auf dem Bild war sechzig, vielleicht siebzig Jahre alt und erinnerte mich an Curt Götz; die äußeren Augenwinkel waren leicht abwärts gezogen, Strähnen des weißen Haares fielen in die Stirn, schmale, feingeschwungene Lippen, ein Gesicht ohne jene Spuren, die der Ekel hinterläßt. Kein Mann wie Beerenbaum, eher einer der wenigen sympathischen alten Männer, ein ehemaliger Rebell, ein Mondsüchtiger, nur belehrbar durch den nahenden Tod.

Dieser Mann, erzählte sie, habe vor einem halben Jahr unangemeldet vor ihrer Tür gestanden, seinen siebenjährigen Enkel an der Hand, und habe gefragt, ob sie den Knaben im Klavierspiel unterweisen wolle. Dreimal brachte er den Jungen zum Unterricht, saß still auf dem Sofa, hörte zu und schaute sie dabei unverwandt an, so daß sie schon nervös wurde. Nach der dritten Stunde drängte er den Jungen ganz gegen seine Art zum Aufbruch, weshalb das Kind seine Noten vergaß, die zu holen der Großvater eine halbe Stunde später zurückkam. Sie tranken Tee miteinander und sprachen über Musik. Er, sagte Thekla Fleischer, liebte Schubert. Er war Künstler, ein Maler, der als junger Mann Kurt Schwitters kennengelernt hatte. Er habe ihr in dieser Stunde Dinge gesagt, die sie nicht zu wiederholen wage, nicht, weil sie den Anstand verletzten, nein, so wunderbare Dinge, daß man sie über sich selbst nicht aussprechen dürfe, auch nicht als Zitat. Seit diesem Tag trafen sie sich regelmäßig. Das Unglück, das Thekla Fleischers Augen nun endlich doch mit Tränen füllte, war nur, daß der Mann, den Thekla Fleischer nur ER nannte, verheiratet war und daß seine Tochter, die Mutter des Jungen, in unserer Straße wohnte, in dem Haus, das unserem gegenüber stand.

Ich weiß nun gar nicht, ob ich glücklich oder unglücklich bin, sie drückte das Gesicht in ihre großen, kräftigen Klavierspielerhände. In dem weiten dunkelroten Samtgewand hockte sie in der Ecke des Rosensofas, das wirre graue Haar verschmolz mit dem Licht der Stehlampe zu einem Strahlenkranz um ihren Kopf. Ich goß uns von dem Amaretto nach und sagte, ich könne in ihrer Geschichte kein Unglück erkennen. Zu lieben sei immer Glück, selbst unerwiderte Liebe sei Glück, weniger als erwiderte, aber auch Glück.

Ich dachte an Beerenbaum, den ich haßte.

Wissen Sie, was Unglück ist, sagte ich, ein Unglück ist, wenn man den Hals eines bestimmten Menschen nicht mehr sehen kann, ohne daran zu denken, daß man diesem Hals das Zungenbein eindrücken könnte. Wenn eine ungekannte Angst sich in Haß verwandelt und wie eine giftige Schleimspur die Träume durchzieht, wenn man erkennt, daß man ein Mörder sein kann und sich nicht entsetzt. Das ist ein Unglück.

Ich sprach heftig, sie sah mich so erschrocken an, daß ich schwieg. Dann fand ich, ich hätte schon zuviel gesagt, um nicht weiterzusprechen. Ich erzählte ihr von Beerenbaum, wie ich ihn kennengelernt hatte im Café, daß er die gleiche Strickjacke trug und die gleichen bordeauxroten Lederpantoffeln wie mein Vater, daß Beerenbaum seine Memoiren schrieb und ich ihm meinen Kopf verweigerte.

Anfangs habe ich ihn nur nicht gemocht, mit der Zeit fand ich heraus, daß ich ihn hasse. Ich muß an ihn denken, obwohl ich nicht an ihn denken will. Ich träume von ihm. Bevor ich sein Haus betrete, schlägt mein Herz, als sollte ich auf einen treffen, den ich liebe. Wenn er schlecht aussieht, triumphiere ich, und mir fällt ein, er könnte, während ich danebenstehe, einen plötzlichen Herztod sterben. Er hat mir nichts getan. Er zahlt mir fünfhundert Mark im Monat. Er ist das, was ich hasse, aber was hasse ich so.

Laß liegen, was du haßt, und suche, was du liebst, flüsterte sie vor sich hin. Das hat Mami mir immer gesagt. Mami war ein starker Mensch. Ich sollte das Klavier nicht hassen, ohne das Klavier wäre auch er nicht gekommen, nicht wahr.

Sie hatte von Beerenbaum vorher nie gehört, auch nichts vom Hotel Lux. Von Politik verstehe sie nichts, sagte sie.

Was kann man daran verstehen, fragte ich, eines Tages, früher oder später, weißt du einfach, daß es so ist. Solange du nicht nach dem Warum fragst, nur nach dem Was, ist es ganz einfach: Überall auf der Straße liegt etwas herum, das Macht heißt. In den Buddelkästen, Kneipen, Büros, Straßenbahnen, in den Betten, überall liegt es. Ein bißchen nimmt sich jeder, und manche können nicht genug haben, die werden Polizisten, Pförtner oder Politiker. Mehr gibt es nicht zu verstehen.

Das Schlimmste ist, wenn draußen die gleiche Macht herrscht und das gleiche Gesetz wie im eigenen Haus. Mein Vater herrschte über meine Schule, und er herrschte zu Hause. Sogar wann ich morgens ins Bad durfte, bestimmte er. Gegen ihn konnte keine Klage geführt werden; niemand, der ihm widersprach. Hier, bei Ihnen, sagte ich mit einem Blick, der die Lampe, das Sofa, die übrigen Möbel einkreiste und auf dem Klavier verharrte, hätte er nichts zu sagen gehabt.

Das hätte Mami gar nicht erlaubt, sagte sie.

Wir teilten uns den restlichen Amaretto, sagten, daß wir Thekla und Rosalind heißen, daß wir fortan du zueinander sagen wollen, und küßten uns auf den Mund. Unsere Münder waren klebrig vom Likör. Ich versprach ihr, sie bald wieder zu besuchen. Vom Klavierspielen sagte ich nichts.

Im Januar haben wir Thekla Fleischers Hochzeit gefeiert. Auf dem Land, an einem Tag mit Schnee.

*

Das Doppelkinn setzte sich auf seinen Stuhl in der ersten Reihe. Die Geiger klemmten die Instrumente zwischen Kinn und Schulter, sahen einander in die Augen mit stumpfem Blick, der erste Geiger nickte. Das »Ave verum corpus« von Mozart diesmal.

Vor dem Sarg lagen die Kränze und Blumengebinde, in der Mitte der größte Kranz, fast so groß wie der Reifen eines Traktors, besät mit Streublümchen, Himmelsschlüsselchen und Vergißmeinnicht. Ich war fasziniert. Der Harmoniumspieler griff wenigstens zwei Töne daneben und störte mich bei meiner Fahndung nach dem Spender des kitschigen Gebildes. Die gelben und hellblauen Streublümchen wirkten auf dem Riesenrad wie eine fadenscheinige Verkleidung: die Wolfsschnauze unter dem niedlichen Spitzenhäubchen von Rotkäppchens Großmutter. Ich stand zu weit entfernt, um die goldene Inschrift der gelben, sorgfältig drapierten Schleife entziffern zu können. Die Frage war, ob der Kranz als

Symbol für den Toten gedacht war, ob der gewaltige Umfang die Bedeutung des Verstorbenen ehren und die zierlichen Blumen an die Zartheit seiner Seele erinnern sollten; oder ob er der Selbstdarstellung seines Überbringers diente. Obwohl die Himmelsschlüsselchen und die Vergißmeinnicht eher an weibliche Stifter denken ließen, verwarf ich diesen Gedanken schnell. Frauen hätten das Ding nicht tragen können. Eine finanzstarke, vornehmlich aus Männern rekrutierte Institution mußte es sein: Ministerium, Polizei, Armee oder Partei. Um Beerenbaums Sarg lagen zwölf Kränze; neun mit roten, zwei sehr kleine mit weißen, dem Tod huldigenden Kunstseidenschärpen und jenes rätselhafte Monstrum mit der auffälligen, zu keiner Gesinnung sich bekennenden gelben Schleife.

Wer wagte es, Beerenbaum zum Abschied die Farbe Rot vorzuenthalten; links, wo das Herz sitzt, rot wie das Blut. Ich habe Beerenbaums Blut gesehen. Plötzlich lief es aus seinem rechten Nasenloch, drei schwere, hellrote Tropfen fielen auf das weiße Papier vor ihm, ehe es ihm gelang, mit der linken Hand ein Tuch aus der Tasche zu ziehen und gegen die Nase zu pressen. Ich hatte ihn zum ersten Mal nach dem Hotel Lux gefragt. Ob sie es gewußt hätten, ob er es gewußt hat. Die Lampe auf dem Schreibtisch brannte und warf scharfes Seitenlicht auf Beerenbaums Gesicht.

Was, fragte er, wußte, wonach ich gefragt hatte, fragte trotzdem, als ließe sich durch diesen verbalen Reflex die Antwort vermeiden.

Das, sagte ich.

Man hat nichts gewußt. Er sah mich an. Er wollte, daß ich ihm glaubte.

Und geahnt?

Seine linke Hand ballte sich zur Faust. Wir haben gegen Hitler gekämpft. Er dehnte die Silben, begleitete jede mit einem mühsam verhaltenen Schlag seiner Faust auf die Tischplatte, ungeduldig, beschwörend, endgültig.

Und als Hitler besiegt war?

Haben wir einen Staat aufgebaut. Gelernt, gelernt und nochmals gelernt.

Und haben Sie nicht Ihre Genossen vermißt, mit denen Sie im Hotel Lux Tür an Tür gewohnt haben?

Er versuchte, tief zu atmen. Die Lippen zitterten, das Gesicht verfärbte sich tiefrot. Dann floß das Blut aus dem rechten Nasenloch, verlief sich im runzligen Delta seiner Oberlippe, und tropfte auf das unbeschriebene Papier vor ihm.

Ich ekelte mich. Nicht vor Beerenbaums Blut, ich ekele mich nicht vor Blut, auch nicht vor meinem eigenen. Nur wenn ich mich verletzt hatte und mir das Blut vom Finger lecken mußte, damit es nicht den Teppich oder die Kleidung beschmutzte, ekelte mich seine klebrige Süße. Nicht Beerenbaums Blut, nicht, wie es sich zwischen den kaum sichtbaren Bartstoppeln auf der Haut verteilte, widerte mich an, sondern daß er mir statt einer Antwort sein altes, tablettenverseuchtes, gegen Thrombose künstlich verdünntes Blut anbot, daß er versuchte, sich durch diesen miesen Trick in ein Opfer zu verwandeln und mir das Fragen zu verbieten. Endlich fand er das Taschentuch.

Wollten Sie nicht wissen, was aus Ihren Genossen geworden ist, nachdem man sie nachts aus den Betten gezerrt hat im Hotel Lux.

Ich konnte nicht aufhören. Sein Gesicht war vom Taschentuch verdeckt, sichtbar nur die Augen, haßerfüllt oder flehend. Warum hatte ich kein Mitleid. Fürchteten Sie nicht, daß man eines Tages auch Sie holen würde? Oder Ihre Frau? Wie sie die Frau von Erich Mühsam geholt haben und Alice Abramowitz, die sie zum Holzfällen nach Sibirien geschickt haben, die überlebte und als

Krüppel zurückkam. Haben Sie Ihre Genossin Alice Abramowitz seitdem wiedergesehen?

Er antwortete nicht, drückte das Taschentuch gegen Mund und Nase. Die Schreibtischlampe blendete ihn jetzt, mit seiner kranken zitternden Hand drehte er den Schirm gegen die Wand.

Und was haben Sie zu ihr gesagt. Haben Sie gesagt, was auch ihr Sohn zu ihr gesagt hat, als sie ihn wiedersehen durfte nach fünfzehn Jahren. Kein Wort hat er gesagt, weil er glaubte, was man ihm im Kinderheim erzählt hatte: daß seine Mutter eine Nazispionin war.

Erst als das Taschentuch vollgesogen war mit Beerenbaums Blut, ließ ich von ihm ab wie ein satter Blutegel.

Als würde mir jemand einen Spiegel vor das Gesicht halten, wußte ich, wie ich jetzt aussah: Der Mund breit verzerrt, Kiefer und Hals verspannt, die Augen schmal. Die letzten Sätze hallten mir grob und gemein im Ohr, fremd und doch meine Stimme.

Ob ich ihm helfen könne, fragte ich nach einer Weile.

Er schüttelte den Kopf.

Ich hinterließ ihm vier Papiertaschentücher, die ich in meiner Tasche fand.

Welche Farbe hatte Beerenbaums Blut jetzt, da er wachsbleich, in seinen taubenblauen Anzug gekleidet, zwischen den seidenen Kissen lag und kein Satz mehr ihn bis aufs Blut verletzten konnte. Nicht rot, wie das Blut der Lebenden.

Am darauffolgenden Freitag diktierte er als ersten Satz: »Meine Frau Grete wurde im Herbst 39 verhaftet.«

Meine Finger wurden so steif, daß ich nicht schreiben konnte. Er sah mich an wie jemand, der zum Schlag ausholt und sein Ziel fixiert.

»Sie kam in das Konzentrationslager Ravensbrück.«

Er stand auf, erregt, atemlos, ging zur Tür, wandte sich zu mir: Und das liegt nicht in Sibirien, schrie er und verließ das Zimmer.

Ich starrte dorthin, wo er eben noch gesessen hatte, hinter dem Fenster ein zeitloses Licht, die nackten Zweige der Blutbuche unbewegt, alles um mich still und stumm, als wäre ich gefangen in einer Fotografie. Sie haben immer recht, dachte ich, was ich auch sage, alles Unglück gehört schon ihnen, den glücklichen Besitzern von Biografien. Kaum mach ich das Maul auf, um meine einzuklagen, stoßen sie mir einen Brocken wie Ravensbrück oder Buchenwald zwischen die Zähne. Friß oder stirb. Von Dienstag bis Freitag hat er diese eine Minute vorbereitet, diese drei Sätze, hat er sich vorgestellt, wie ich mit steifen Fingern und sprachlos vor Scham dasitzen werde, unfähig, meine Frage nach dem Hotel Lux zu wiederholen, weil ich in meinem Leben nichts vorzuweisen hatte, was mich zu dieser Frage berechtigte.

Ich schrieb: »Grete wurde im Herbst 39 verhaftet. Sie kam in das Konzentrationslager Ravensbrück. Sibirien liegt bei Ravensbrück.«

*

Die Geiger legten ihre Instrumente in die Kästen, verschlossen diese aber noch nicht. Der Mann am Harmonium spielte die Internationale wie ein Barpianist den Rausschmeißer »Auf Wiedersehn, auf Wiedersehn, bleib nicht so lange fort ...«. Durch das Spalier der Trauergäste trug ein kleiner Mann auf flachen Händen ein schwarzes Samtkissen mit Beerenbaums Orden, dem vier Männer, den Sarg und darin den toten Beerenbaum auf ihren Schultern, folgten. Nach dem Sarg die großen Kränze, von jeweils zwei Männern getragen. Die kleinen Kränze und Sträuße wurden von den Spendern wieder aufgenommen und im Trauerzug mitgeführt. Ich wartete auf den

Kranz mit den Streublümchen. Als zwei Uniformierte ihn an mir vorübertrugen, konnte ich auf
dem zu meiner Seite herabhängenden Teil der
Schleife lesen: »Ein letzter Gruß von den Soldaten
an der unsichtbaren Front«.

Natürlich, ein kolossaler Totenkranz als Sommer-
wiese verkleidet, die Stasi, wer sonst. Erst jetzt erkannte ich Michael Beerenbaum, er war einer der
Kranzträger. Ich sah ihn zum ersten Mal in
Uniform.

Die Geiger saßen sprungbereit, ihre Instrumente
senkrecht auf den Oberschenkeln wie Krücken, an
denen sie sich aufrichten würden, sobald der letzte die Kapelle verlassen hat. Sie schoben die
Trauergemeinde mit ihren Blicken durch das Portal.

Die letzte war ich. Als ich ihnen zulächelte, nick-
ten zwei von ihnen zum Abschied.

Der Weg von der Kapelle zu dem erdigen Recht-
eck, das man für Beerenbaum in jenem besonderen Areal des Friedhofs ausgehoben hatte, führte
zunächst über den Hauptweg in Richtung des
Ausgangs. Ich folgte dem Zug in einem Abstand
von drei oder vier Metern. Niemand hätte es bemerkt, wenn ich seitwärts zwischen die Gräber
eingebogen wäre, bei einem vergessenen Toten die

Freesien abgelegt und den Friedhof durch einen Nebenausgang verlassen hätte.

Ich hätte jetzt nach Hause gehen können. In spätestens einer halben Stunde würde Beerenbaum an seinem Platz liegen, unter noch lockerer Erde; für ein paar Tage würden die getürmten Kränze den Neuankömmling verraten, bis Michael Beerenbaums Frau oder ein von ihm bezahlter Friedhofsgärtner den frischen Hügel in ein übliches Grab verwandeln würde, mit Eisblumen und Koniferen. Trotzdem ging ich weiter hinter den anderen her. Ich hatte noch nicht genug gesehen.

*

Drei Tage nach Sensmanns Besuch hatte Beerenbaum mich angerufen. Wegen einer dringlichen Verabredung mit seinem Arzt müsse er unser Treffen morgen, am Dienstag, absagen, leider, so daß wir unsere Arbeit erst am Freitag fortsetzen könnten.

Beerenbaum war der gerissenste alte Mann, den ich kannte. Er ahnte, daß ich entschlossen war, sein Haus nicht wieder zu betreten. Er wollte mich behalten. Gerade die Offenbarung meiner Wut auf ihn und alles, was er für mich verkörperte, schien ihn zu beleben, als diktiere er seine Sät-

144

ze nur gegen mich, um mir zu beweisen, daß meine Wut einen Dreck wert war, daß sie ihm nichts anhaben konnte, daß ich ihm sogar dienstbar war mit meinem Haß auf ihn.

Sein Anruf überraschte mich. Ich hatte mir vorgenommen, ihn am nächsten Tag pünktlich um drei Uhr am Nachmittag anzurufen und ihm, so unaufgeregt wie möglich, mitzuteilen, daß ich unser Arbeitsverhältnis als beendet ansähe, und sofort, ohne ihm die Chance einer Antwort zu lassen, wieder aufzulegen.

Ich suchte den Satz, den ich mir für ihn zurechtgelegt hatte; er fiel mir nicht ein. Es wäre einfach gewesen zu sagen: Ich komme auch am Freitag nicht, oder: Ich komme überhaupt nicht mehr, oder nur: Nein. Nein sagen und auflegen, das wäre möglich gewesen.

Ich ließ zu, daß er das Gespräch mit der Behauptung, er sei in Eile, schnell beendete, mich so um meine Absage brachte, für die ich mich bei längerem Nachdenken vielleicht doch entschieden hätte, und daß er mit der Floskel: Bis Freitag dann, der ich nicht widersprach, unser Dienstverhältnis fortsetzte, als hätte es nicht in Frage gestanden.

So ließe es sich erklären. Und anders auch. Mein

Kampf mit Beerenbaum war, als ich mit ihm zusammen den Kaffeetisch für Victor Sensmann deckte, schon nicht mehr ein Kampf nur gegen ihn. Hätte ich nur seine Macht über mich beenden wollen, wäre ich bei meinem Vorsatz geblieben, sein Haus nicht wieder zu betreten. Aber ich litt schon an jenem Stadium der Feindschaft, das Sehnsucht erzeugt.

Am darauffolgenden Nachmittag, kurz nach drei, rief ich bei ihm an, um zu kontrollieren, ob er wirklich zum Arzt gegangen war. Nach dem vierten Läuten nahm er ab, ich ließ ihn dreimal »Hallo« rufen, dann legte ich auf.

*

Beerenbaum stellte zwei Gläser und eine Flasche Weinbrand auf den Tisch. Zur Versöhnung, sagte er und setzte sich mir gegenüber. Zwischen uns stand die Schreibmaschine Marke »Rheinmetall«. Er forderte mich auf, die Flasche zu öffnen. Ich goß die Gläser halb voll.

Nicht so halbherzig, sagte Beerenbaum, sonst wird es eine halbherzige Versöhnung.

Frau Polkowski, sagte er, oder darf ich Sie Rosalind nennen oder lieber noch Rosa wie unsere Rosa, wie unsere Rosa Luxemburg.

Ich wußte nicht, wie ich hätte widersprechen können, und sagte, es sei mir recht.

Ich habe in den letzten Tagen viel über Sie nachgedacht, Rosa. Sie sind eine intelligente, gutaussehende Frau in den besten Jahren, wie man so sagt. Ich kenne Ihr Leben nicht, nur Ihre seltsame Maxime, daß Sie nicht für Geld denken wollen. Als Sie neulich so aufgeregt dieses Haus verließen, habe ich mich gefragt: Warum ist sie so verbittert. Ich weiß, daß Sie mit mir nicht darüber sprechen wollen. Aber sehen Sie, ich bin ein alter, wißbegieriger Mann und möchte verstehen, was Sie derart gegen mich aufbringt. Ich fühle mich, um ehrlich zu sein, ungerecht behandelt.

Er hielt mir sein Froschlurchgesicht entgegen und wartete auf eine Antwort. Ich sah zum Fenster, zur Tür, wie ein Kind, das vor dem Lehrer steht und die Antwort nicht weiß. Um Zeit zu gewinnen, trank ich den Kognak. Ich muß wie ein Naturforscher sein, dachte ich, ich muß durch jeden Dreck kriechen, mir von scharfen Steinen die Haut aufreißen lassen, tagelang ruhig in heißem Sand liegen, ohne mich als das Opfer des Löwen zu fühlen. Ich durfte jetzt nicht sagen: Leute wie Sie haben mir mein Leben verdorben. Ich mußte ihn locken, verführen, über sich zu sprechen statt über mich. Er saß nicht hinter dem Schreibtisch, ich notierte nichts. Ich mußte etwas sagen, worauf er in der Legende seines Lebens, an die er inzwischen selbst glaubte, keine Antwort finden konnte; etwas, das jenseits der Politik lag.

Gespräche, in denen sich Männer gegenseitig von ihrer Bedeutung überzeugen wollen, machen mich verrückt, sagte ich.

Er lachte und zeigte seine Zähne, so lückenlos und ebenmäßig im Kunststoffgaumen verankert, daß ich sie im prickelnden Zweiphasenreiniger schwimmend vor mir sah.

Sind Sie etwa auch noch eine Männerfeindin, fragte er.

Die weibliche Endung hinderte ihn, das Wort Feind kurz und scharf auszusprechen, wie es seine Eigenart war: Ffeint, Klassenffeint.

Warum: auch noch?

Er brauchte ein paar Sekunden, um zu verstehen, wonach ich gefragt hatte.

Nein, nein, sagte er, nur eine dumme Redensart, Sie sind kein Feind in meinen Augen, Rosa, im Gegenteil. Manchmal erinnern Sie mich sogar an Grete, meine Frau. Ich habe genug Feinde in meinem Leben gesehen, um zu wissen, daß Sie nicht zu denen gehören.

148

Ich sah zum ersten Mal, daß er Alkohol trank. Die Bewegung, mit der er das Glas an die Lippen hob – nach außen gewinkelter Arm, steifes Handgelenk –, war nicht die eines Gelegenheitstrinkers. Entweder hatte er sie in der Jugend eingeübt und seither beibehalten, oder er trank auch jetzt noch mehr, als ich angenommen hatte. Er kippte den Schnaps in den Mund und ließ ihn über die Zunge in die Speiseröhre laufen, ohne zu schlucken. Ich hätte gern gewußt, wodurch ich mich in seinen Augen von einem Feind unterschied, fragte aber nicht danach, weil ich vermutete, daß er eben diese Frage provozieren wollte.

War Grete auch eine Männerfeindin, fragte ich.

Er lehnte den Kopf zurück, schloß aber die Augen nicht wie zum Nachdenken, sondern ließ den Blick über die Zimmerdecke wandern, als könnte er dort die Sätze ablesen, die er mir sagen wollte. Grete, er nannte den Namen inbrünstig wie den einer Heiligen, o ja, Grete konnte hassen, mit aller Leidenschaft, wie sie auch lieben konnte. Sie war ihren Feinden eine unerbittliche Feindin, den Männern Krupp, Scheidemann, Hindenburg, Hitler und auch deren Frauen. Aber, sagte Beerenbaum und sah mich nun an, sie liebte ihre Genossen Thälmann, Dimitroff, Pieck und auch ihren Genossen Herbert Beerenbaum, denn sie war Kommunistin. Meine Genossin, ein Leben lang. Beerenbaum neigte den Kopf zur Seite, schloß die Augen, konzentrierte sich, als lausche er einer kaum hörbaren Stimme, hob seine gesunde Hand bis in Brusthöhe und deklamierte, wobei er das R rollte wie Alexander Moissi:

»Als es Nacht war in unserem Vaterland,
du eingesperrt und geschunden,
ich in ferne Länder verbannt,
da haben sich unsere Blicke gefunden
fern in der Zukunft, wo die rote Fahne uns wehte.
Dank dir, Genossin Grete.

Als die Mutlosigkeit fast schon Sieger war
und das heilige Moskau fast brannte,
da dachte ich an dein goldenes Haar
und dein Herz, das die Furcht nicht kannte.
Es war dein Mut,
der meine Schwäche verwehte.
Dank dir, Genossin Grete.«

Er ließ die Hand, mit der er die Verse in ausholenden, rhythmischen Gesten begleitet hatte, sinken und sagte, noch immer mit halbgeschlossenen

Augen: Ja, das habe ich für sie geschrieben. Ich weiß, ich bin kein Dichter, aber da brachen sich meine Worte des Dankes Bahn in Versen. Sie sind zu jung, um zu wissen, was es bedeutet, sich in Zeiten der Barbarei eines aufrechten Menschen sicher zu sein. Gießen Sie noch einmal nach, Rosa, auf einem Bein steht es sich schlecht. Grete und ich waren noch nicht verheiratet, als die Partei beschloß, mich in die Emigration zu schik-ken. Grete blieb in Deutschland. Vor meiner Ab-reise versprachen wir uns: Falls wir beide die Nazis überleben sollten, treffen wir uns um halb zehn am Sonntag nach dem Krieg vor dem Fried-richstadtpalast. Grete war sechs Wochen vor mir da. Sie kam jeden Sonntag, am sechsten Sonntag kam auch ich, mit einem großen Strauß Margeri-ten, den ich im Garten einer zerbombten Villa geklaut hatte. Margeriten waren Gretes Lieb-lingsblumen.

Wie den ersten, goß er den zweiten Kognak ent-schlossen in sich hinein. Obwohl ich das Gedicht scheußlich fand, konnte ich nicht verhindern, daß ich ihm zum ersten Mal glaubte. Ich sah ihn vor mir, wie er, ein fast noch junger Mann, mit offe-nem Kragen und aufgerollten Ärmeln, die Marge-riten in der Hand, durch die Trümmerberge der

Berliner Innenstadt lief. Ich roch den kalkigen Staub, der von den Ruinen aufstieg und der morgendlichen Sommerluft den Geruch des Krieges beimischte; sah, wie eine junge Frau, getrieben von Erwartung und geduckt unter der Furcht vor Enttäuschung die Spreebrücke überquerte; wie sie einander entgegenflogen und nicht glauben konnten, daß sie sich wiederhatten. Alle Bilder sich wiederfindender Paare, die ich im Leben und in Filmen gesehen hatte, vereinten sich in diesem.

Hatten Ihre Genossen Ihnen nicht erzählt, daß Grete lebte und in der Stadt war, fragte ich.

Ich kam am Sonnabend in Berlin an und schlief bei einem Pankower Genossen, der von Grete gehört hatte, aber nicht wußte, wo sie wohnte. Es war so, wie ich Ihnen erzählt habe. Grete war dreiunddreißig und ich war vierzig. Glauben Sie mir, ich habe geweint, als ich die Stadt wiedersah. Wohin ich blickte, nur Zerstörung, zerstörte Häuser, zerstörte Menschen, jeder zweite ein Nazi, der Rest Mitläufer. Und wir, eine Handvoll halbverhungerter und zerschlagener Kommunisten und Antifaschisten, hatten den Karren aus dem Dreck zu ziehen. Auferstanden aus Ruinen und der Zukunft zugewandt, ja, so war es.

Dann, wie bei meinem ersten Besuch in Beerenbaums Haus, überfiel mich jener Schwindel, der mich glauben machte, ich hätte das alles schon einmal erlebt, wüßte jeden Satz, der dem eben gesprochenen folgen würde, auch den Ton, in dem er ihn sprechen würde. Alles hatte ich genau so schon gehört.

Es war eine schöne, aber schwere Zeit, sagte ich, weil ich wußte, daß dieser Satz jetzt gesagt werden mußte.

Ja, sagte Beerenbaum, es war eine schwere, aber schöne Zeit. Und wir haben viel erreicht.

Und das werden Sie verteidigen gegen jeden, der ...

... der das Rad der Geschichte zurückdrehen will.

Jawohl, das werden wir, sagte Beerenbaum. Erst danach sah er mich erstaunt an.

Ich ahnte nicht, daß wir uns darin so einig sind.

Ich habe nur meinen Vater zitiert, sagte ich.

Ist Ihr Vater Kommunist?

Er war Schuldirektor. Jetzt ist er tot.

Beerenbaum seufzte, während er versuchte, die Flasche diesmal selbst zu öffnen. Seine rechte Hand zitterte wie die eines Süchtigen kurz vor dem Kollaps, aber er schaffte es. Über sein Gesicht zog flüchtig der Schatten von Schmerz oder

Furcht, als hätte ich gerade von seinem, vielleicht nahen, Tod gesprochen und nicht von dem meines Vaters. Ich fragte mich manchmal, wie es sein würde, wenn sie alle gestorben und Thekla, Bruno und ich die Alten sein würden; was wir zu verteidigen hätten und als die Vorwärtsdrehung des Geschichtsrades ausgeben würden. Ich war zweiundvierzig Jahre alt und hatte nichts hervorgebracht, was zu verteidigen gelohnt hätte. Ich glaubte auch nicht, daß Bruno dergleichen vorzuweisen hatte. Wahrscheinlich würde Bruno sagen, er verteidige die Rechte der Lateiner hoffnungslos gegen die Heerscharen sich ständig vermehrender Nichtlateiner, Lawrence Sterne gegen Peter Hacks, Schopenhauer gegen Lukács, »Don Giovanni« gegen die »West Side Story«, was letztlich nur bedeutete, daß Bruno nichts anderes tat als ich: Er verteidigte sich selbst. Ich hatte nichts zu verteidigen als mich, während Beerenbaum einen ganzen Radschwung der Geschichte als sein Werk ansah, das er zu beschützen hatte, wenn nötig, mit der Waffe in der Hand, wie mein Vater oft gesagt hat und vermutlich auch Beerenbaum sagen würde. In dieser Minute begriff ich, daß alles von Beerenbaums Tod abhing, von seinem und dem seiner Generation. Erst wenn ihr Werk niemandem mehr heilig war, wenn nur noch seine Brauchbarkeit entscheiden würde über seinen Bestand oder Untergang, würde ich herausfinden, was ich im Leben gern getan hätte. Und dann würde es zu spät sein. Manchmal fielen mir Sätze ein, die ich nicht gedacht hatte. Sie stiegen auf aus der Heimlichkeit, die irgendwo nistete in meiner Leber, Milz oder in anderen Eingeweiden, wo sie nachts, wenn ich träumte, rumorte. Und sehr selten, unverhofft, schickte sie in mein Wachsein Sätze wie eine Flaschenpost.

Alle diese Sätze begannen mit: übermorgen. Übermorgen vereist die Wüste. Übermorgen trommeln die Kakerlaken das Himmelreich ein. Übermorgen stürzen die Wasser himmelwärts – Vorsicht für Nichtschwimmer. Niemals hieß es morgen. Morgen war noch nicht mein Tag. Was morgen geschehen würde, stand schon in Beerenbaums Terminkalender. Übermorgen war der Tag nach Beerenbaums Tod.

Wir saßen uns gegenüber wie zwei Leute, die miteinander Schnaps trinken. Seine Augen glänzten schon. In mir erweckte der Alkohol langsam jenen hoffnungsvollen Mitteilungsdrang, mit dem wir alle geboren werden und den die meisten von uns verloren haben, ehe sie sterben.

Ich stellte mir vor, wie ich ihm, vorsichtig und bemüht, ihn nicht zu verletzen, erklärte, warum die bestehenden, auch durch ihn geschaffenen Verhältnisse mich zwangen, seinen Tod zu wünschen. Ich wäre froh, würde ich sagen, wenn Ihr Tod mir gleichgültig, sogar betrauernswert sein dürfte. Glauben Sie nicht, daß Ihre Liebe zu Grete, die zwölf Jahre des Wartens überlebte, mich nicht rührte. Oder daß ich Ihre Angst, die Sie Nacht für Nacht im Hotel Lux gequält haben muß, nicht nachfühlte. Mehr noch, ich wünschte, ich dürfte stolz sein auf Sie, einen, der widerstanden hat, der kein Nazi war und kein feiger Duckmäuser. Trotzdem, würde ich zu ihm sagen, muß ich Ihren Tod wünschen, weil Sie jedes Haus, jedes Stück Papier, jede Straße, jeden Gedanken, weil Sie alles, was ich zum Leben brauche, gestohlen haben und nicht wieder rausrücken. Sie zwingen mich, das Abscheulichste zu tun, was ich mir denken kann: jemandes Tod zu wünschen. Wie könnte ich wollen, daß Sie weiterleben. Und dann würde ich ihn fragen: Verstehen Sie mich.

Ich erwartete nicht, daß er mit seinem Tod einverstanden sein würde. Er sollte nur verstehen, daß ich ihn, wie die Dinge lagen, wünschen mußte. Es war unvorstellbar, daß er ja sagen würde: Ja, ich verstehe Sie. Was hätte er alles verstehen müssen, um ja zu sagen. Ich war zehn Jahre alt. Meine Eltern fuhren in die Ferien nach Thüringen. Ich blieb bei Ida in Berlin. Meine Eltern müßten sich erholen von der schweren Arbeit, die sie das Jahr über in der Schule zu leisten hätten, sagte Ida, dabei würde ich sie stören. Meinen Vater kannte ich erst seit drei Jahren. Eines Morgens trat er in die Küche, wo in der Ecke hinter der Tür mein Bett stand, nahm mich auf den Arm, und meine Mutter sagte: Das ist dein Vati. Ich hatte mir gewünscht, einen Vater zu haben. Mütter hatten alle. Wer aber sagen konnte: Das hat mir mein Vater verboten, verfügte über eine Kostbarkeit. Ida, die bis dahin bei uns gewohnt hatte, zog aus, und mein Vater zog ein. Meine Mutter hatte sich in einem Schnellkursus zur Neulehrerin ausbilden lassen, und mein Vater, der während des Krieges und der Gefangenschaft seine eigenen Träume wohl vergessen hatte, tat es ihr nach. In dem Sommer, als ich zehn Jahre alt war und meine Eltern ohne mich zur Erholung nach Thüringen fuhren, kannte ich meinen Vater drei Jahre und hatte ihn noch niemals mit einem unser verwandtschaftliches Verhältnis bezeichnenden Wort angeredet. Noch nie hatte ich ihn Vater, Vati oder

Papa genannt, obwohl ich mir sehnlichst wünschte, es zu tun, und nur auf ein kleines Zeichen seiner Zustimmung wartete, damit ich, sobald ich das Wort ausgesprochen hätte, nicht als Lügnerin dastehen würde vor ihm und mir.

In diesem Sommer ließ ich mir von Ida zeigen, wie man Zitronencreme zubereitet. Zitronencreme war die Lieblingsnachspeise meines Vaters, die ihm, sooft Ida sie in einer kleinen Glasschüssel für ihn mitbrachte, deutliche Laute des Lobes zu entlocken vermochte. Jeden Abend verquirlte ich Eiweiß, Zucker, Sahne und Zitronensaft, bis mir endlich eine steife Creme gelang, die sich von Idas vielgepriesener Zitronenspeise nicht mehr unterschied. Zur Rückkunft meiner Eltern aus ihrem Erholungsurlaub in Thüringen rührte ich aus zwanzig Eiern die größte Schüssel Zitronencreme, die mein Vater in seinem Leben gesehen haben dürfte, und stellte mir vor, wie er mit einem großen Löffel ganz allein daraus essen würde, hin und wieder einen dankbaren Blick zu mir sendend, nur zu mir.

Er fraß die halbe Schüssel Zitronencreme vor meinen Augen leer. Die hat Rosi gemacht, sagte Ida leise. Als unverheiratete Schwägerin fühlte sie sich in unserem Haus nur geduldet und lebte in

der ständigen Furcht, von meinem Vater als stö-
rend empfunden zu werden. Vielleicht hat er Idas
Hinweis auf meine Urheberschaft an der Zitronencreme nicht gehört, vielleicht interessierte es
ihn auch nicht. Wer weiß, was mit Männern im
Krieg passiert. Für meinen Vater schien es normal
zu sein, daß seine Lieblingsnachspeise in ausrei-
chender Menge auf dem Tisch stand, schuldig
war er dafür keinem etwas. Er fraß und fraß.
Mich schickten sie früh ins Bett.

Eine seltsame Logik haben Sie, Rosa, sagte Beerenbaum. Ich frage Sie, ob Ihr Vater Kommunist
ist, und Sie antworten, er war Schuldirektor und
ist jetzt tot. War er Kommunist?

Er hat es so gesehen.

Und Sie?

Ich weiß nicht, was ein Kommunist ist.

Ein Kommunist ist jemand, der für den Kommunismus kämpft. Und der Kommunismus, sagte
Beerenbaum, ist, wie Brecht gesagt hat, das Einfache, das schwer zu machen ist. Sie wollen mich
provozieren, Rosa, natürlich wissen Sie als Histo-
rikerin das alles.

Ich sagte, ein Kommunist sei jemand, der sich bei
einem Kind, das ihm eine große Schüssel Zitronencreme schenkt, nicht bedankt, weil er gerade

mit der Weltrevolution beschäftigt ist. Dieses Dilemma bestimme so ein Kommunistenleben von Anfang bis Ende, und ich befürchtete, Kommunisten würden eher die Erde in die Luft jagen als zulassen, daß sie nicht kommunistisch wird, weil es für Kommunisten eben nichts Wichtigeres gibt als den Kommunismus. Das geht so weit, daß sie jede Sauerei, die sie anrichten, kommunistisch nennen, weil sie nicht aushalten können, daß etwas nicht kommunistisch ist. Wahrscheinlich hätte mein Vater sein Verhältnis zu der Zitronencreme und mir auch als kommunistisch bezeichnet, weil er sich etwas anderes gar nicht vorstellen konnte. Ich sah es Beerenbaum an, daß er meiner vom Schnaps angetriebenen Logik nicht folgen konnte. Zitronencreme, was hat der Kommunismus mit Zitronencreme zu tun. Er schüttelte verärgert den Kopf. Offenbar hätte ich ein schwieriges Verhältnis zu meinem Vater gehabt, sagte er, und brächte nun Privates und Gesellschaftliches gehörig durcheinander, was nicht gerade von einer wissenschaftlichen Weltsicht zeuge.

Ich sei Empirikerin, sagte ich. Nur Empiriker hätten die Möglichkeit, im Alter klüger zu werden, weil die Erfahrung das einzige sei, was mit dem Alter zunimmt, während alles andere, auch die

Fähigkeit, logisch und wissenschaftlich zu denken, im Alter nachläßt, was an defekten Nervenenden und Fehlkopplungen im Gehirn liege und somit auch durch Training und guten Willen nicht zu verhindern sei. Ich hätte beschlossen, mein Weltbild nur noch auf Erfahrung zu gründen, weil es mir so im Alter nicht zusammenbrechen könne. Und meine Erfahrung habe mich belehrt, daß Kommunismus und Zitronencreme sehr wohl miteinander zu tun hätten, sobald man auf einen Kommunisten träfe, der gern Zitronencreme ißt. Wenn ein Zitronencremefresser Kommunist ist, bleibt für das Kind, bei dem er sich nicht bedankt, beides auf ewig miteinander verbunden. Und wer auf einen kommunistischen Mörder trifft, weiß für immer, daß der Kommunismus auch mörderisch ist.

Beerenbaums Stirnadern schwollen blau an. Ich war mir nicht sicher, ob ich meine Theorie auch in nüchternem Zustand vertreten hätte, aber im Augenblick erschien sie mir vollkommen.

Der Kommunismus, sagte ich, während ich zuerst ihm und dann mir noch einen Schnaps eingoß, der Kommunismus kann nicht besser sein als die Kommunisten, nicht besser als Herbert Beerenbaum und Fritz Polkowski.

Beerenbaum fixierte sein Schnapsglas, rührte es aber nicht an. Frau Polkowski, sagte er, nicht mehr Rosa, sondern Frau Polkowski. Er frage sich, wo ich, eine Akademikerin, meinen Verstand gelassen hätte. Er habe keine höhere Schule besuchen dürfen und keine Universität, er sei ein Autodidakt, aber daß das Ganze mehr als die Summe seiner Teile sei, wisse er. Er habe sich mit mir aussöhnen wollen und wolle das noch immer, aber er werde nicht zulassen, daß ich das Ideal, dem er sein Leben geweiht habe, verhöhne.

Er schluckte geräuschvoll seinen Speichel, vor Aufregung oder aus Gier nach dem Schnaps.

Ich fragte, ob er wirklich glaube, daß Generationen von Menschen geboren werden, damit Kommunisten ihre Ideale an ihnen erproben dürfen. Mein Ideal sei, eine Katze zu sein, weil die weder den Kommunisten noch sonstwem unterstehe.

Rosa, sagte er, nun doch wieder Rosa, haben Sie sich einmal die Frage gestellt, wer Sie in der Nazizeit gewesen wären.

Vielleicht wäre ich Kommunist geworden, sagte ich.

*

In kleinen Schritten bewegten sich Beerenbaums Trauergäste zwischen den gleichförmigen Grabsteinen links und rechts des Weges. Unter jedem Stein ein Vorgänger, ein Ehemaliger, jeder durch die Friedhofsordnung verurteilt, auf Granitblökken gleicher Abmessung in vorgeschriebener Schrift an sich zu erinnern. Friedhofsruhe, Grabesstille. Aus der Ferne nur der ächzende Motorenlärm haltender und anfahrender Autobusse. Früher bin ich über Friedhöfe gelaufen wie durch Märchen, vertraute, das dunkelste Geheimnis bergende Orte. Unzählige Geschichten, die alle mit der gleichen Formel begannen: Es war einmal. Hier lagen sie alle, klaglos, eine Schicht über der anderen. Eine Weile durften sie noch auf der Erde bleiben und an ihr Leben erinnern, bis die nächste Generation Toter sie in die Tiefe verdrängte. Mein eigener Tod zu fern, als daß ich nicht versucht hätte, ihn zu locken; komm, zeig dich, spiel mit mir. Mit dem Triumph derer, die ihr Leben gerade begannen, führte ich es spazieren zwischen den Toten, denen ich, der Sieger, zeigte, daß jetzt ich dran war mit dem Leben. Hier, am Hort wehrloser Schweigsamkeit, ließ ich mir bestätigen, was mir die Welt der lebenden Erwachsenen nicht zugestand. Heimlich begrub ich hier schon meine

Eltern, Tanten, Onkel, Lehrer und vergewisserte
mich der Zeit, die meine sein würde. Jetzt kam es
vor, daß ich mich denen unter der Erde näher
fühlte als den Arglosen, die wie ich vor zwanzig
Jahren zwischen ihnen umhergingen.

Beerenbaum starb drei Tage, nachdem ich ihn im
Krankenhaus besucht hatte. Ich erfuhr es aus der
Zeitung.

*

Mein letztes Bild von Beerenbaum: der geöffnete,
zahnlose Mund, darin die dreckige, wie von
Schimmel überzogene Zunge, die Iris seiner Augen fahl und durchsichtig, zwei kleine runde Fenster in das Innere von Beerenbaums Kopf. Dann
Beerenbaums Hand; wie eine weißhäutige Echse
schoß sie hervor unter der Decke und sprang mir
mit aufgerissenem Maul an die Brust. Es war, als
hätte er mein nacktes Herz berührt. Später versuchte ich zu glauben, er habe nach meinem Arm
fassen wollen oder nach meiner Schulter, und nur
seine Hinfälligkeit habe die Hand ihr Ziel ver-
fehlen lassen. Aber ich konnte den halboffenen
grinsenden Mund nicht vergessen und die hellen
Augen, in denen sich die Pupillen zu einem winzi-
gen Punkt zusammengezogen hatten.

Als mein Vater starb, war er dreiundsechzig Jahre alt. Er starb zu Hause in seinem Bett, etwa gegen ein Uhr nachts, allein. Das Schlafzimmer meiner Mutter lag neben dem meines Vaters, beide Räume waren durch eine Tür miteinander verbunden. Er hat meine Mutter nicht gerufen in dieser Nacht. Er hat den Tod nicht kommen sehen, oder er hat mit ihm allein bleiben wollen. Mein Vater starb, während er auf der Bettkante saß und eine Zigarette rauchte. Als die Zigarette abgebrannt war, muß er schon tot gewesen sein. Der Filter zwischen seinen Fingerspitzen war verkohlt. Er hat es nicht mehr gespürt. Meine Mutter, die ihn am Morgen fand, dachte, er sei sitzend eingeschlafen. Als sie ihn vorsichtig wecken wollte, kippte er mit starren Gliedmaßen rücklings auf das Bett. Dabei fiel ihm das Gebiß aus dem Mund.

Ich glaube, er hat gewußt, daß er stirbt. Er hat sich aufgesetzt, zum Abschied eine Zigarette angezündet, wie Raucher das tun: Noch eine Zigarette, dann gehe ich. Er hat die Stehlampe neben seinem Bett nicht eingeschaltet. Er wollte nichts mehr sehen, nichts mehr hören und nichts mehr sagen, nicht einmal zu meiner Mutter. Er wollte schon lange nichts mehr sagen. Manchmal, wenn er gezwungen war zu sprechen, verzog er sein Gesicht unwillig wie unter Schmerzen. Er hat unterrichtet bis zum Tag seines Todes. Fragen, auch einfache, bereiteten ihm Qualen. Wenn ich meine Eltern besuchte, eigentlich besuchte ich nur meine Mutter, zog er sich in sein Arbeitszimmer zurück, das vom Wohnzimmer durch eine Schiebetür getrennt war. Die Tür war verzogen und ließ sich nur mit Mühe bewegen. Jedesmal, wenn mein Vater sich dieser Mühe unterzog, verzerrte sich sein Gesicht zur Maske des Bösen, als hätte er allen Haß und alle Verzweiflung aufgespart, um sie in diesem Akt zu entladen. Der leblose Widerstand der Tür, den er als überwindbar kannte, muß ihm mehr bedeutet haben als ein lästiges Hindernis. Sonst hätte er einen Tischler bestellt. Es hatte den Anschein, als wollte er die Tür erziehen, das Kräfteverhältnis zwischen ihm und ihr ein für alle Male klären. In den letzten Wochen vor seinem Tod war er so schwach, daß er den Kampf gegen die Tür gar nicht erst aufnahm und sich statt dessen durch laute Schlagermusik vor unseren Gesprächen schützte. Am liebsten hörte er Mireille Matthieu. Ich habe damals kein Mitleid für ihn empfunden. Es bereitete mir sogar Genugtuung zu beobachten, wie er schwächer wurde. Ich fragte mich, da ich ihn nicht fragen

166

konnte, wie er es ertrug, Tag für Tag vor seinen Schülern zu stehen und über die Geschichte des Klassenkampfs zu sprechen. Alle zwei Jahre neue, unverbrauchte Feinde. Einige gibt es immer, die sich ihre Fragen nicht verbieten lassen. Was antwortete mein Vater, wenn so ein Mutiger wissen wollte, was es mit diesem Hotel Lux auf sich hatte und mit dem Archipel Gulag. Vermutlich würde er sich erkundigen, woher der Frager seine Kenntnis der vermeintlichen Vorgänge beziehe, wo er darüber gelesen, von wem er davon gehört habe, um dann sofort die Quelle dieser niederträchtigen Verleumdungen oder bösartigen Übertreibungen zu diffamieren und den Schüler davor zu warnen, sich auch künftig zum Sprachrohr feindlicher Propaganda zu machen. Damit hätte er den Angriff erfolgreich abgewehrt. Die Frage blieb. Mein Vater ging mit ihr nach Hause, er ging mit ihr ins Bett, er stand mit ihr wieder auf. Was machte mein Vater mit den vielen Fragen. Vergaß er sie einfach. Erledigte er sie als Provokationen verblendeter Jugendlicher. Hat er heimlich die Antworten gesucht, verführt durch die ungläubigen Kinder, von denen er wußte, daß sie ihn auslachten und verachteten, weil er ihnen die Antworten, die sie selbst kannten, nicht geben wollte.

Er hätte nicht Lehrer werden sollen. Wäre er Dreher geblieben, hätte er selbst fragen dürfen. Er hat nicht nur die verfänglichen und verbotenen Fragen gefürchtet. Hinter jeder Frage witterte er eine Bedrohung, die ihm, dem ehemaligen Arbeiter, seine Untauglichkeit für diesen Beruf beweisen sollte. Sein Lehrerdasein war ihm eine einzige, dreißig Jahre währende Prüfung, bei der er jeden Tag durchfallen konnte. Lexika waren seine liebste Lektüre. Er lernte sie auswendig, streng dem Alphabet folgend, um seine durch Herkunft, Krieg und Gefangenschaft mangelhafte Bildung auszugleichen. Er hörte nicht Opern, sondern Opernquerschnitte. Für nichts ließ er sich Zeit, aus Furcht zu bleiben, was er war, ein gelernter Dreher mit Volksschulabschluß.

Hinter den von Blutbuchen verhangenen Fenstern seines Arbeitszimmers, er selbst nur als Silhouette erkennbar, ließ sich Beerenbaum von mir befragen. Dafür zahlte er mir 500 Mark im Monat. Vielleicht wollte auch er nur herausfinden, ob er, der Arbeitersohn aus dem Ruhrgebiet, Autodidakt, Professor ohne Abitur, meinen Fragen, die er in der Öffentlichkeit niemals geduldet hätte, standhielte.

Jetzt, da Beerenbaum tot ist und ich als Zeugin

seiner Grablegung hinter seinem Sarg hergehe,
fühle ich zum ersten Mal Mitleid mit meinem
Vater.

*

Am Montag nachmittag fuhr ich zum Alexanderplatz, um in der Musikalienhandlung nachzu-
fragen, ob ein zweisprachiges »Don Giovanni«-
Libretto eingetroffen war. Ich suchte die kurzhaa-
rige Verkäuferin, die ich mit zwanzig Mark besto-
chen hatte. Sie stand, einen Stapel Noten im Arm,
vor einem Regal, bedeutete mir mit der freien
Hand, ich solle warten, wobei sie komplizenhaft
ein Auge zukniff. Sie verschwand hinter einem
Vorhang und kam mit einem hellgrünen Heft zurück, an das mit einer Büroklammer ein Zettel ge-
heftet war, den sie jetzt entfernte. Endlich haben
wir es geschafft, sagte sie und lächelte dabei wie
jemand, der sich nach vollbrachter Tat zufrieden
der Erschöpfung hingibt. Ich hatte keine Lust, ihr
das Lob, das sie trotz der zwanzig Mark erwartete, abzuliefern, tat es aber trotzdem. Ohne Sie
wäre ich verloren, sagte ich. Das Heft kostete eine
Mark fünfundachtzig. Ich bedankte mich, zwin-
kerte ihr auch mit einem Auge zu für den Fall,
daß ich das Geheimnis der »Don Giovanni«-Rezi-

tative ergründen könnte und die Übersetzung weiterer Opern in Erwägung ziehen sollte.

*

Die Kneipe war noch leer und roch nach Bohnerwachs. Simone stand hinter dem Tresen und putzte die Armaturen.

Na, Rosi, sagte sie. Ich sagte: Na, Simone.

Ein Bierchen?

Wein.

Ein Weinchen, sagte Simone und nahm eine angebrochene Flasche aus dem Kühlschrank.

Ich fragte sie nach dem Amerikaner.

Er hat geschrieben, sagte sie, er will ja kommen. Aber wann, sie hob die Schultern und zeigte ihre leeren Handflächen. Simone stammte aus Mecklenburg, wo Eberhard, genannt Ebi, der Kneipenwirt, sie vor fünf Jahren kennengelernt und sie aus ihrem Leben als Blumenbinderin in einer Kleinstadt erlöst hatte. Drei Jahre blieben sie zusammen. Dann ging Ebi zu seiner geschiedenen Frau zurück und behielt Simone als Angestellte in seiner Kneipe.

So wat Ehrlichet kriege ick nicht wieder, sagte er.

Den Amerikaner hatte Simone vor einem Jahr auf dem Fasching getroffen. Seit dem Sommer studierte er wieder in Lansing, Michigan, wo seine Familie lebte.

Mit seinen Eltern hat er schon gesprochen, sagte Simone, aber die ganzen Papiere, man braucht in Amerika so viele Papiere, wenn man heiraten will.

Amerika, sagte ich.

Na ja, Amerika, sagte Simone und warf den Putzlappen in das Spülbecken, erst mal raus hier, Rosi.

Sie schien an die Hochzeit mit dem Amerikaner wirklich zu glauben. Sie war katholisch und ging sonntags in die Kirche. Schließlich hatte Ebi sie auch nach Berlin geholt, warum sollte sie es mit dem Amerikaner nicht bis Lansing, Michigan, schaffen.

Ja, Rosi, kannst du nichts machen, mußt du abwarten, sagte sie.

Dann kamen die Skatspieler, wie an jedem Montag. Simone hatte keine Zeit mehr für mich. Ich saß am Tresen, trank Wein und fühlte mich wohl.

Die Kneipe sei nicht nur der letzte Hort männlicher Freiheit, sagte Bruno, womit er meinte, die Kneipe sei der Hort der Freiheit schlechthin, weil es eine weibliche Freiheit außerhalb der Grammatik nicht gab und es Bruno auch nie eingefallen wäre, dergleichen zu behaupten. Frauen hielt Bruno für die natürlichen Feinde der Freiheit und das Telefon für die schreckliche Repressionsmaschine in der Hand der Frau. Die Frage: Warum hast du nicht angerufen, konnte ihn, wenn er mit verdüstertem Blick nach durchzechter Nacht morgens um vier nach Hause kam, in tiefe Verzweiflung stürzen. Er zog dann nur Mantel und Schuhe aus, fiel kerzengerade aufs Bett, sagte, das Telefon sei ein Fall für die Menschenrechtskommission, er werde an die UNO schreiben, gleich morgen früh.

Die Kneipe war, profan und geheimnisvoll zugleich, eine Gegenwelt, ein Orkus, wo andere Gesetze galten und ein urbanes Naturrecht herrschte. Wer das Kneipenreich betrat, entzog sich der Schwerkraft der Oberwelt und fügte sich einer anderen Ordnung.

Kutte Kluge, Rentner, ehemaliger Kellner, mit dem breiten schlitzäugigen Gesicht einer asiatischen Gottheit, versetzte, sobald er die Kneipe betrat, wenigstens fünf der Anwesenden in eine nervöse Aufregung, die sie ihre Gespräche unterbrechen und erwartungsvoll auf ihn blicken ließ. Kutte Kluge war nicht nur, wie Bruno, eine Knei-

penpersönlichkeit, er war eine Schachpersönlich-
keit. Einen billigen Stumpen im Mundwinkel,
blieb er eine Weile in der Tür stehen, als wollte er
den anderen die Möglichkeit geben, sein Erscheinen zu bemerken, während er nach dem würdig-
sten Gegner suchte, ihm knapp und ohne weitere
Verbindlichkeit zunickte, sich dann schweigend an
einen freien Tisch setzte, wohin ihm mit dem ersten Bier unaufgefordert das Schachbrett gebracht
wurde, und wartete, bis der von ihm Auserkorene
seinen Platz einnahm. Kutte Kluge schlug Lateiner und Nichtlateiner, Studierte und Promovierte,
alle, denen er ein Leben lang flambierte Enten
vorgelegt und anschließend für das Trinkgeld ge-
dankt hatte.
Die Kneipe, schien es, verhalf dem Leben zu einer
höheren Gerechtigkeit, die mich zwar nicht ein-
schloß, mir aber dennoch ein Trost war. In der
Kneipe endete Beerenbaums Macht, hier hatte er
sowenig zu sagen wie in der Wohnung von Thekla
Fleischer, als deren Mutter noch lebte. In der
Kneipe müßte er, wenn er bestehen wollte, mit
dem Grafen über die geografische Grenze zwischen den verschiedenen Schreibweisen des Namens Schmidt – Schmidt mit dt oder Schmid mit
d oder Schmitt mit tt oder sogar als Schmitz mit

tz – streiten können; oder er müßte für Kutte Kluge einen guten Verlierer im Schachspiel abgeben oder, wie Peti, Badewannen und Klobecken besorgen können.

Als Bruno endlich kam, war er zu meinem Glück nicht mehr ganz nüchtern. Wahrscheinlich hatte er sich am Würstchenstand neben dem Hotel Sofia in der Friedrichstraße durch ein schnelles Glas Bier den Weg verkürzt, wovon er keineswegs betrunken oder auch nur angetrunken war, aber eben auch nicht mehr so nüchtern, als klebte ihm der Staub von Büchern und Akten noch auf der Zunge.

Bruno sah das hellgrüne Heft vor mir auf dem Tresen liegen, lehnte sich zurück, um den Abstand zwischen ihm und mir zu vergrößern und so sein Befremden zu bekunden: Was ist los mit dir, Rosa, ich kann nicht glauben, daß du dich wirklich für Opern interessierst. Steigst du inzwischen etwa auch auf Berge und läufst um Seen?

Wahrscheinlich wären Bruno und ich ein Paar wie Philemon und Baucis geworden, hätte ich, ohne zu lügen, auf Brunos Frage mit Ja antworten können. Aber der Gedanke, sich zu schinden, sich sogar in Gefahr zu bringen, um auf den Gipfel eines Berges zu steigen, auch nur eines kleinen, war für mich so abwegig, daß ich hinter Brunos Leidenschaft für das Bergsteigen einen psychischen Defekt vermutete. Und um einen See herumlaufen, was zu Brunos sonntäglichen Lieblingsbeschäftigungen gehört hatte, ehe wir uns kennengelernt hatten, fand ich absurd und demütigend. Als würde man sich lustvoll nach dem Schicksal des Sisyphos drängen: stundenlange Qual erdulden, um anzukommen, wo man aufgebrochen war.

Einmal hatte Bruno versucht, mich heimlich um den Summter See zu führen. Nach einer halben Stunde standen wir plötzlich auf einer Lichtung, die den Blick auf den See freigab. Als ich begriff, was Bruno vorhatte, lief ich empört den Weg zurück, auf dem wir gekommen waren, obwohl der andere Teil des Weges kürzer und, wie Bruno beteuerte, landschaftlich schöner gewesen wäre. Ich brachte es nicht über mich.

Ich würde mich gern für Opern interessieren, sagte ich, aber ich kann nicht, sie interessieren mich nicht.

Rosa, du bist zu beneiden, sagte Bruno, eines Tages, wenn du alt und klug bist, wirst du dich für Opern interessieren. Dann kannst du noch eine ganze Welt entdecken, und ich muß mich langweilen, weil ich schon alles kenne.

Von der Langeweile, die ihn im Alter erwartete, sprach Bruno immer, wenn er bemerkte, daß ich nicht alle Bücher von Dostojewski, Beckett oder Joyce kannte. Dann seufzte er und sagte, ach, du bist zu beneiden, Rosa, während ich mich schämte, weil ich, obwohl Bruno und ich gleichaltrig waren, nicht halb soviel gelesen hatte wie er.

Bruno blätterte in dem hellgrünen Heft. Plötzlich hob er den Arm, als hielte er einen Taktstock in der Hand, wölbte den Bauch wie ein dickleibiger Opernsänger und sang:

»E non voglio più servir
und ich möchte nicht mehr dienen
e non voglio più servir
und ich möchte nicht mehr dienen.«

Dann ließ er den Arm auf die Theke fallen und griff nach dem Bierglas.

Was würdest du tun, wenn du nicht mehr dienen müßtest, fragte ich.

Viva vita contemplativa, rief Bruno an mir vorbei durch den ganzen Raum, dorthin, wo inzwischen der Graf ungeschickt auf der Kante eines Stuhls saß und darauf wartete, daß Bruno ihn aufforderte, zu uns zu kommen.

Viva vita contemplatissima, rief der Graf zurück, sprang so schnell auf, daß er die Hälfte seines Bieres verschüttete, und bahnte sich einen Weg zu uns. Madame Rosalie, er küßte mir die Hand, Brünoh, ich wollte nicht stören, sagte der Graf, um auf seinen Takt hinzuweisen.

Rosa will wissen, was wir täten, wenn wir nicht mehr dienen müßten.

Der Graf seufzte. Ich sage Ihnen, Brünoh, man vergißt es mit den Jahren. Manchmal denke ich schon, ich würde fortsetzen, was ich jeden Tag tue: in Wörterbüchern Wörter suchen, es wird einem im Laufe des Lebens zur Natur. Dazu das Alter, der Graf hielt sich die Hand vor den Mund, um seine Stimme zu dämpfen, die Hmtata, Sie verstehen, Brünoh, Verzeihung, Madame Rosalie, entsetzlich. Er sandte einen verzweifelten Blick nach oben. Bruno, der fünfzehn Jahre jünger war als der Graf, lachte. Ich lachte auch. Sie lachen, sagte der Graf. Man wagt ja kaum noch, ein Bier zu trinken. Schlimm, schlimm, schlimm.

Er sah aus, als wollte er weinen, und wir schluckten den Rest unseres Lachens mit den Getränken.

Was macht dein dichtender Rentier, fragte Bruno.

Kennst du Herbert Beerenbaum, fragte ich.

Bruno trat einen Schritt zurück. Rosalind Polkowski, sagte Bruno, du wolltest mir eben doch nicht mitteilen, daß der Rentner, dem du die rechte Hand ersetzt, der Schurke, der Oberschurke Herbert Beerenbaum ist, den man zum Professor ernannt hat, weil er das kleine Einmaleins aufsagen konnte. Rosalind Polkowski mit dem burgundischen Stolz, die lieber billige Zigaretten raucht, als ein würdeloses Amtsstubenleben zu führen wie Sie und ich, Graf, als Schreibhilfe bei einem Folterknecht.

In diesem Augenblick, weil Bruno ihn angesprochen hatte, sahen wir beide zum Grafen, der mit fahlem Gesicht zwischen uns stand und offenbar etwas sagen wollte, aber nur stumm die Lippen bewegte. Bruno vergaß seine Schmährede, hob den Grafen auf einen Barhocker und drückte ihm sein Bierglas in die Hand. Der Graf fuhr sich mit einer fahrigen Geste über die trockenen Augen, als wollte er eine Träne wegwischen.

Pardon, flüsterte er, eine kleine Unpäßlichkeit, aber dieser Name, Madame Rosalie, er griff nach meiner Hand, nein, daß ausgerechnet Sie ...

Er stützte seinen Kopf in beide Hände, so daß die Haarsträhnen, die er mit Pomade von einem Ohr

178

zum anderen über den kahlen Schädel geklebt hatte, seitwärts auf eine Schulter fielen. Bruno und ich standen links und rechts von ihm, klopften ihm die Schultern und sagten, was man so sagt, wenn man jemanden trösten möchte und nicht weiß, worüber.

Als ginge ein Gespenst durch den Raum, sagte der Graf. Es genügt, daß ich unvorbereitet auf diesen Namen treffe, um mich jede Contenance verlieren zu lassen. Seit dreiundzwanzig Jahren, Madame Rosalie, seit dreiundzwanzig Jahren.

Bruno bestellte ihm einen Wodka, worauf sich das Gesicht und die Stimme des Grafen langsam wieder belebten.

Diesem, sagte der Graf, dessen Namen Sie aus meinem Mund ohne ein fäkalisches Attribut, das ich Ihnen ersparen möchte, nicht hören werden, verundanke ich jene drei Jahre, Brünoh, Sie wissen, welche Jahre ich meine.

Davon haben Sie nie gesprochen, sagte Bruno.

Der Graf bemerkte die drei dünnen Haarsträhnen, die ihm auf die Schulter hingen, befeuchtete seine Fingerspitzen mit Bier und klebte die Haare wieder zwischen Stirn und Hinterkopf fest. Ach, Brünoh, sagte er, Sie wissen doch, ich bin ein Hasenfuß.

Das war geschehen: Im Herbst 1962 gelang dem Assistenten des Instituts für Sinologie und Japanologie T. die Flucht über Prag nach West-Berlin. Kurz zuvor hatte er dem Grafen das Manuskript seiner Doktorarbeit gebracht unter dem Vorwand, der Graf möge die Kapitel über die dritte Ming-Dynastie auf ihre Richtigkeit überprüfen. Aus West-Berlin schrieb T. dem Grafen einen Brief, in dem er verschlüsselt um die Zusendung seines Manuskripts bat. Der Graf fuhr nach Potsdam und gab dort das Paket unter Angabe eines falschen Absenders auf. Sowohl T. als auch der Graf hatten vergessen, daß ein Dritter, der zufällig ins Zimmer gekommen war, von der Manuskriptübergabe wußte. Dieser Dritte meldete, als T.s Flucht offenbar war, den Vorfall an Beerenbaum, der damals eine nicht näher definierte, aber einflußreiche Position in der Universitätsleitung innehatte. Der Graf wurde zu Beerenbaum zitiert und aufgefordert, das Manuskript, das er zwei Wochen zuvor beim Potsdamer Hauptpostamt aufgegeben hatte, auszuliefern. Der Graf bestritt, das Manuskript jemals gesehen zu haben, worauf Beerenbaum die Sicherheitspolizei informierte. Der Graf wurde am selben Tag verhaftet. Später erfuhr er, daß die Stellungnahme der Universität, die während des Prozesses verlesen wurde und den wissenschaftlichen Oberassistenten Karl-Heinz Baron als ein reaktionäres, den hohen Zielen der neuen Ordnung feindlich gesonnenes Subjekt auswies, von Beerenbaum selbst verfaßt und dem Institutsdirektor durch die Hauspost zur Kenntnisnahme zugesandt worden war. Der Graf wurde zu drei Jahren Gefängnis verurteilt.

Der Denunziant kam einige Jahre später bei einem Autounfall zu Tode, sagte der Graf.

Plötzlich, ohne wirklich schuldig zu sein, war ich in das Unglück des Grafen verstrickt. Ich fühlte mich vom Leben hinterhältig in eine Falle gelockt, als hätte es mir beweisen wollen, daß man so einfach nicht davonkommt. Es ist eine Schande, für Geld zu denken, gewiß. Aber was wäre keine Schande.

Sie arbeiten schließlich auch an derselben Universität, am selben Institut, sagte ich zum Grafen.

Ich war sogar froh, daß man mich damals wieder genommen hat, was ich nur der Fürsprache einer schlecht beleumundeten Person zu danken hatte, die sich von meiner Anwesenheit zu Recht Vorteile für das eigene wissenschaftliche Fortkommen versprach. Ich habe dieser Person dann mehr als sechzig Prozent ihrer Habilschrift zuliefern müssen. Erinnern Sie sich, Brünoh? Es wäre unvernünftig, Madame Rosalie etwas vorzuwerfen.

Bruno nickte, sah mich aber nicht an.

Wir leben alle im Zustand der Schande, zitierte ich einen von Brunos Lieblingssätzen, worauf Bruno sagte: Du lernst auch nur, was du willst, Rosa.

Es wurde kein fröhlicher Abend. Bruno versuchte mich zu überreden, die Arbeit bei Beerenbaum aufzugeben. Ich versprach, darüber nachzudenken, obwohl ich wußte, daß ich meine nächste Verabredung mit Beerenbaum einhalten würde. Ich wollte es zu einem Ende bringen. Ich wollte Beerenbaum besiegen. Ich hatte ihn angenommen als eine Aufgabe, die das Leben mir zugeteilt hatte. Das fühlte ich mehr, als daß ich es wußte. Gegen Beerenbaum wollte ich einen verlorenen Kampf nachträglich gewinnen.

Warum haßt man jemanden, fragte ich Bruno, was passiert mit mir, wenn ich hasse.

Haßt du denn? Brunos Frage klang mitleidig, als hätte er sich erkundigt, ob ich krank sei.

Es kommt mir so vor.

Man haßt, wenn man unterlegen war.

Oder wenn man geliebt hat und nicht wiedergeliebt wurde, sagte ich.

Dann war man unterlegen, sagte Bruno.

Und du hast nie gehaßt?

Na ja, sagte Bruno, ich habe es mir so zurechtgedreht. Graf, und Sie?

Der Graf zupfte an seiner nachtblauen, mit kleinen silbernen Sternen verzierten Fliege. Es liegt wohl nicht in meinem Temperament, ich verachte, Brünoh, ich verachte.

Bruno begleitete mich zur Bahn. Wir waren allein auf der Straße, im Rücken nur das Echo der eigenen Schritte; aus einigen Fenstern das zuckende Licht der Fernsehapparate. Wie immer, wenn ich fror, legte Bruno seinen Arm um meine Schultern, und ich beneidete ihn um diese ihm von der Natur zugestandene Geste. Wahrscheinlich hätte Bruno selbst gefroren, hätte er nicht seit seiner Kindheit gewußt, daß ihm lange, kräftige Arme wachsen würden, die er um jede Frau legen mußte, die neben ihm lief und fror. Aber vielleicht fror Bruno ja auch.

Der Fahrer jagte die Straßenbahn durch die Schienen wie ein Kind, das mit seiner Modelleisenbahn Unfall spielt. Wir schlingerten, quietschten, ratterten durch die schlafende, sparsam beleuchtete Stadt. So menschenleer wirkten die Straßen fremd, wir selbst Fremde, die nach langer

Zeit als erste Menschen in diesen gottverlassenen
Ort kommen, wo fünfzig oder vierzig Jahre früher
ein Krieg oder eine Seuche alle Bewohner getötet
oder vertrieben hat. Hinter den Häuserwänden
lagen die Skelette in verfaulten Betten, oder sie saßen an Tischen und vor Fernsehapparaten wie in
der Sekunde ihres Todes. Wenn wir aussteigen,
müssen wir durch Rattenherden steigen, die inzwischen die Stadt erobert haben, Millionen fetter
Ratten, die aus der Kanalisation ans Licht gekro-
chen sind, als ihnen niemand mehr Abfälle in die
Kloaken spülte. Auch der Straßenbahnfahrer nur
noch ein Skelett unter der Uniform. Er hat nicht
mehr bremsen können, ehe er starb, und fuhr seit
fünfzig Jahren in diesem mörderischen Tempo von
Stadtmitte nach Pankow, von Pankow nach Stadtmitte. Nur Bruno lebte. Und ich.

*

Thekla Fleischers Hochzeit feierten wir im Januar.
Er, sagte Thekla zu mir, wünscht es sich so sehr,
daß ich es ihm nicht abschlagen kann, obwohl ich
weiß, daß es eine Sünde ist. Mami würde sich im
Grabe umdrehn, wenn sie es erführe.
Durch ihre dicken Brillengläser sah sie mich an,
als hätte ich jetzt etwas zu wissen.

Sie erfährt es nicht, sagte ich.

Meinst du?

Sie erfährt es nicht, sagte ich noch einmal mit der Gewißheit einer Ungläubigen und dachte, daß, wenn die Cosmea recht hatte, Mami jetzt eine Katze oder Hündin oder eine Ameise war und über Dinge der Moral anders urteilte als zu ihrer Menschenzeit.

Herr Solow hatte es sich in den Kopf gesetzt, Thekla Fleischer zu heiraten. Da er aber seit dreißig Jahren verheiratet war und gegen Frau Solow nichts vorzubringen hatte, als daß er sie zu lange kannte, schloß er eine Scheidung aus. Frau Solow hieß eigentlich Frau Wittig, denn Solow war ein Künstlername, den Theodor Wittig, einer Eingebung folgend, Ende der vierziger Jahre angenommen hatte. Solow – das w wurde nicht mitgesprochen – bedeutete ihm das Siegel seiner heimlichen Einzelgängerschaft, zu der er sich, angesichts der politischen Katastrophe, die hinter ihm lag, und jener, die er auf sich zukommen sah, entschlossen hatte. Der Behörde, vor der er die Wahl seines Pseudonyms begründen mußte, erklärte er, Solow, genauer, Wladimir Nikolajewitsch Solow – das w wurde mitgesprochen –, sei ein sowjetischer Kommunist gewesen, den er nach dem Krieg kennengelernt habe und der kurz darauf an Typhus gestorben sei.

Herr Solow wollte Thekla heiraten, ohne die Gesetze und die Regeln des Anstands zu brechen. Er wollte sie heiraten vor Gott, obwohl er an Gott nicht glaubte. Aber er glaube an etwas, das größer und gültiger sei als der vergängliche Mensch, und vor diesem, für ihn Namenlosen, wolle er sich als Theklas Mann bekennen. So berichtete es mir Thekla. Ich selbst hatte Herrn Solow noch nie getroffen. Die Idee mit der Friedhofskapelle hatte Bruno. Sie stand, seit Jahren unbenutzt, in der Nähe unseres ländlichen Anwesens in Vorpommern, inmitten eines gartenähnlichen Friedhofs hinter dem verfallenen Schloß, aus dessen bröckelnder Fassade in rätselhafter Symmetrie zwei Birken wuchsen, als hätte jemand sie dort statt Fahnen angebracht. In einem alten Reiseführer wurde die Kapelle als Bau eines Schinkelschülers gepriesen, wovon aber im Dorf niemand mehr etwas wußte. Vor fünf Jahren hatte man begonnen, sie zu renovieren, und kurz darauf hatte man damit wieder aufgehört. Seitdem stand eine Leiter breitbeinig unter der blauen, mit silbernen Sternen bemalten Kuppel, die mich immer an die Lieblingsfliege des Grafen erinnerte.

An der Stirnseite der Kapelle führten drei Stufen zu einer Empore, wo auf einem steinernen Sockel ein Fetzen künstlichen Rasens, ein Hammer und eine zerbrochene Christusstatue sich zu einem bizarren Stilleben fügten.

Aus dem Mittelpunkt der Kuppel baumelte ein zerschlissener, in einer Schlinge endender Hanfstrick in die Leere des Raums. Als ich einmal gedankenlos daran zog, läutete die helle Sterbeglocke, und ich fürchtete tagelang, einen Tod heraufbeschworen zu haben. Aber es geschah nichts, jedenfalls nichts, wovon ich erfahren hätte. Dieser vergessene Todestempel, meinte Bruno, sei ein würdiger Ort für Thekla Fleischers und Herrn Solows Hochzeit. Obwohl Bruno Herrn Solow nur aus meinen Erzählungen kannte, schien er ihm große Sympathie entgegenzubringen. Er schlug sogar vor, wir, Bruno und ich, sollten den beiden die Hochzeit ausrichten, und er selbst sei bereit, die Trauung vorzunehmen. Thekla entsetzte die Vorstellung, in einem Totenhaus zu heiraten. Das sei blasphemisch, sagte sie.

Thekla, sagte ich, wenn es keinen Gott gibt, kann er nicht beleidigt sein. Wenn es ihn gibt, hat er Verständnis und freut sich über so viel Liebe und Phantasie.

Herr Solow war begeistert. Da nur der Tod stärker sei als seine Liebe zu Thekla, sähe er überhaupt nur in einer Totenkapelle die angemessene Umgebung für das Gelöbnis, das er ablegen wolle.

Thekla blieb furchtsam, unterwarf sich aber unserer Euphorie.

Als Frau Wittig ankündigte, an dem kommenden Wochenende ins Vogtland zu fahren, um eine alte Schulfreundin zu besuchen, kauften Thekla und ich einen Rehrücken, Wein, Schnaps und Bier, Thekla packte blütenweiße, gestärkte Bettwäsche ein und eines ihrer wunderbaren Gewänder, einen grauen, knöchellangen Samtkittel mit Kimonoärmeln. Am Sonnabend vormittag um elf Uhr holten wir Herrn Solow in der Nähe seiner Wohnung ab und fuhren aufs Land.

Auf den Feldern lag Schnee, und am Himmel stand eine weiße Sonne. Was für ein wunderschöner Tag, ein richtiger Hochzeitstag, rief Thekla. Bruno heizte die Öfen, während ich im Garten einen Hochzeitsstrauß aus gefrorenen Rosenknospen, Efeu, Hagebutten und Kiefernzweigen zusammensuchte. Thekla bezog das Bett für sich und Herrn Solow mit der gestärkten Wäsche, wobei sie ihre Verlegenheit unter hausfraulicher Betulichkeit zu verbergen suchte. Herr Solow stand dabei und erzählte, wie er als junger Mann, im letzten Sommer vor 1933, mit einem Rucksack und zwanzig Mark durch die Provence gewandert war, und ich dachte, daß Herr Solow also doch schon siebzig war und daß man ihm sein Alter nicht ansah. Er trug Jeans und einen Seemannspullover mit Knöpfen auf der Schulter, dazu einen dunkelroten Schal, den er auch nicht ablegte, als es im Haus schon warm war.

Bruno spickte den Rehrücken. Dann zogen wir uns alle um und fuhren ins Nachbardorf, wo die Kapelle stand.

Über die schmalen Pfade zwischen den Gräbern, die aussahen, als wären die dort Begrabenen erst kürzlich gestorben, gelangten wir auf eine Schneise, die durch einen kleinen Park direkt zur Kapelle führte, eine ehemalige Allee, über der die Bäume im Sommer ein dichtes Dach bildeten, deren entlaubtes, ineinander verwachsenes Geäst jetzt in mir den Gedanken an Skelette aufkommen ließ, die sich zu einem letzten Reigen versammelt hatten und mit uns das alte Spiel spielten: Ziehe durch, ziehe durch, durch die goldne Brücke.

Herr Solow hielt in seiner Linken die linke Hand von Thekla, während seine Rechte locker auf ihrem Oberarm lag. So führte er sie behutsam über die von Moos und kleinen Sträuchern bewachsene Treppe, an deren Ende Bruno schon stand, um das Paar zu empfangen und in das Innere der Kapelle zu geleiten. Ich bildete den Hochzeitszug.

Bruno hielt eine kurze, sehr schöne Rede. Er sagte, das Schicksal habe Herrn Solow und Thekla einander in ihre Lebenswege gesandt, ein bißchen spät zwar, aber sie sollten gerade darin die Gerechtigkeit erkennen, die ihnen dieses Glück noch zukommen lasse und ertragenes Unglück nachträglich in den Sinn erhebe. Denn du, Thekla Fleischer, hättest die Schönheit der Seele von Theodor Solow nicht erkennen können, wärst du in deinem Leben leichtem Glück nachgejagt. Und du, Theodor Solow, hättest die Schönheit dieser Frau nicht erkennen können, wäre dein Herz nicht jung geblieben und empfindlich für die Liebe.

Das sagte Bruno, und ich traute meinen Ohren nicht. Thekla weinte.

Bruno ließ zuerst Herrn Solow, danach Thekla ja sagen, dann forderte er die beiden auf, niederzuknien, um sich von ihm segnen zu lassen.

Und nun küßt euch, sagte Bruno.

Als wir aus der Kapelle traten, war der Himmel

schwarz. Es war rätselhaft, woher die gewaltigen dunklen Wolken plötzlich gekommen waren.

O Gott, sagte Thekla, der Himmel ist uns böse.

Nein, sagte Herr Solow, er zeigt nur sein ernstes Gesicht.

Ein weißer Blitz zerschnitt die Wolkendecke, und wenige Sekunden später ließ ein tosender Donner die geweihte Erde um uns erbeben.

Er spielt euch zu Ehren die Schicksalssymphonie, sagte Bruno.

Spitzer Eisregen fiel auf uns nieder, und wir hatten Mühe, über die glatten Straßen wieder zu unserem Haus zu kommen. In Theklas grauem Haar hingen unzählige Eiskristalle, und Herr Solow sagte, Thekla müsse unbedingt schnell in den Spiegel schauen, damit sie sich nicht weiter ängstige, denn da könne sie selbst sehen, daß das Gewitter ein Hochzeitsgeschenk des Himmels sei, tausend Edelsteine für Thekla. Und da man einen Brautschmuck nur einmal trage, dürfe er ruhig vergänglich sein. Eine Minute später floß Theklas Brautschmuck wie Tränenbäche über ihr Gesicht. Es war ein Tag wie aus einem anderen Leben. Ich dachte nicht eine Minute an Beerenbaum.

Am Abend, während eines Spaziergangs durch das Dorf, fragte ich Thekla endlich, ob ich bei ihr

Klavier spielen lernen könne. Wir verabredeten uns für die nächste Woche. Thekla und Herr Solow zogen sich bald zurück, Bruno und ich blieben allein und saßen einander gegenüber in dem kleinen Zimmer mit der niedrigen Decke, wie früher, als wir noch nicht getrennt waren.

Vielleicht wollen auch wir heiraten, sagte ich zu Bruno.

Später, Rosa, sagte Bruno, wir sind noch zu jung, um so dankbar zu sein.

*

Seit ich wußte, daß Beerenbaum schuldig war an der Verhaftung des Grafen, stellte ich mir vor, wie ich ihn dazu befragen würde. Ich sah mich an dem kleinen Tisch mit der Schreibmaschine sitzen, streng und aufrecht. Ich wartete, bis es draußen so dunkel war, daß Beerenbaum die Tischlampe einschalten mußte und ich sein Gesicht sehen konnte. Dann fragte ich: Kennen Sie Karl-Heinz Baron, den Sinologen? Ich stellte die Frage beiläufig, als sei mir der Name eben eingefallen · und als wüßte ich über seinen Träger eine amüsante Geschichte zu erzählen. Oder ich sah Beerenbaum gerade in die Augen wie Jeanne d'Arc dem Inquisitor, während sie die Befehle ihres En-

gels beschwor, und fragte ihn mit klarer, unerbitt-
licher Stimme: Kennen Sie Karl-Heinz Baron,
den Sinologen? Oder ich eröffnete ohne Um-
schweife mit der Behauptung: Sie kennen doch
Karl-Heinz Baron, den Sinologen, wobei ich in
den Klang meiner Stimme eine leise Drohung
mischte. Beerenbaum bestritt, den Namen je gehört zu haben. Er versuchte, ein schlechtes Ge-
dächtnis vorzuschützen. Mehr als zwanzig Jahre,
beim besten Willen könne er sich nicht erinnern.
Ich ließ ihm keinen Ausweg. Sie, Herr Beerenbaum, sagte ich sehr ruhig, Arbeitersohn aus dem
Ruhrgebiet, Professor mit Volksschulabschluß,
Nichtlateiner mit Klasseninstinkt, damals Beauf-
tragter für ideologische Fragen an der Berliner
Universität, haben einen Philologen von europäi-
schem Rang für drei Jahre in ein Gefängnis geschickt, weil er am Potsdamer Hauptpostamt ein
Päckchen aufgegeben hat.
Beerenbaum war beschämt. Nicht, weil er den
Grafen hinter Gitter gebracht hatte. Das hätte er
als politische, wenngleich traurige Notwendigkeit,
als Marginalie des Klassenkampfs abgetan. Ihn
beschämte die Einsicht, daß er allein seiner man-
gelhaften Bildung wegen dazu nicht befugt gewesen war.

Ich nahm meinen Mantel, und auf dem Weg zur Tür sagte ich, ohne mich noch einmal nach Beerenbaum umzudrehen: Ihr hattet so viel Angst vor der Bildung, daß ihr sie einsperren und verjagen mußtet, nur aus Angst.

So, stellte ich mir vor, würde ich den besiegten Beerenbaum verlassen.

Ich war zu nervös, um zu lesen oder mir den »Don Giovanni«, den ich seit zwei Wochen besaß, anzuhören. Es war ein milder Tag, und ich beschloß, während der zwei Stunden, die mir bis zu meiner Verabredung mit Beerenbaum verblieben, durch den Park zu spazieren. Der Park war ein tröstlicher Gruß aus einer anderen Zeit. Ursprünglich gehörte er zu dem Schloß, in das Friedrich der Große, von Bruno nur Eff Zwo genannt, seine Frau verbannte, als er sie an seinem Hof nicht mehr ertragen wollte. Eine breite Straße führte von der Pankower Kirche durch die Schloßanlage zum ehemaligen Friedensplatz, dem heutigen Ossietzkyplatz in Niederschönhausen, was nur noch alte Pankower wußten. Seit das Schloß 1949 zum Regierungssitz erklärt worden war, endete die Straße von beiden Seiten jäh an einem Zaun, der auf der Niederschönhausener Seite gänzlich verrammelt war und sogar die

Sicht auf das Schloß versperrte und der auf der Pankower Seite von schwerbewaffneten Wachen gegen Unbefugte geschützt wurde. Um von dem einen Straßenstumpf zum anderen zu gelangen, mußte man nun fünf Haltestellen mit der Straßenbahn fahren oder eine halbe Stunde zu Fuß gehen. Ich wohnte in dieser Gegend seit dreißig Jahren und hatte die beiden Straßenenden nie in Gedanken zusammengefügt. Erst Bruno, für den Stadtpläne und Landkarten so interessant waren wie die wirklichen Landschaften und Wohnviertel, die in ihnen verzeichnet sind, rückte die Pankower Straßen in meinem Kopf sinnvoll aneinander. Jedesmal, wenn wir unsere Spaziergänge dem Willkürakt der Schloßbesetzer unterwerfen mußten, fluchte er auf die verrückt gewordenen Machthaber und Straßenschänder, die nicht nur öffentliche Wege versperrten, wie es ihnen paßte, sondern obendrein einen unschuldigen Platz nach dem ehrenhaften Carl von Ossietzky benannten, um alle Welt glauben zu machen, Ossietzky sei ein guter Freund von Walter Ulbricht gewesen.

Der Park war weitflächig angelegt, so daß man ihn nach allen Richtungen überschauen und jederzeit Bekannte darin ausmachen konnte, auch wenn sie am anderen Ende promenierten. Jetzt, um die Mittagszeit, war er fast leer. Zwei alte Frauen standen auf der kleinen geschwungenen Brücke und warfen Brotwürfel zwischen die aufgeregten Enten, die sommers wie winters die Panke bevölkerten, ein dreckiges schmales Flüßchen, das den Park in ost-westlicher Richtung durchquerte und nach dem unser Stadtbezirk hieß. Drei Hunde tobten über die Wiese. Ihre Besitzer, weit voneinander entfernt, warteten geduldig.

Hier merkt man es nicht so – diesen Satz hatte der Graf vor einiger Zeit während eines Spaziergangs durch den Park wie einen Seufzer ausgestoßen. Seitdem zitierten wir ihn, wann immer wir eine halbwegs unverdorbene Oase entdeckten. Da merkt man es nicht so. Was das war, das man nicht so merkte, bedurfte keiner Erklärung, auch das »so« erschöpfte sich in der Andeutung: Nicht so schlimm wie anderswo. Seit jeher wunderte ich mich, daß sie dem Park nichts angetan hatten, seine Wege nicht betoniert, seine zweihundert oder sogar dreihundert Jahre alten Bäume mit den ausgemauerten Stämmen nicht gefällt. Sie hatten ihn nicht einmal eingezäunt wie das Schloß oder das »Städtchen«. Wo wir hinkommen, welken die Blätter, soll Anna Seghers einmal gesagt haben. Auf wundersame Weise hatte das

Segherssche Wir den Pankower Schloßpark verschont. An den Sträuchern suchte ich nach den ersten Knospen; wie winzige harte Bäuche wölbten sie sich an den Zweigen.

Seit sechs Wochen, an jedem Mittwoch von drei bis vier, nahm ich Klavierstunden bei Thekla Fleischer. Verbissen übte ich, meine beiden Hände auf verschiedene Weise zu bewegen, einen ganzen Ton mit der linken, zwei halbe mit der rechten: »Kuckuck, Kuckuck ...« Für alte Schüler wie mich sei die Klavierliteratur nicht eingerichtet, sagte Thekla. Die Erfüllung einer unbestimmten Sehnsucht, die ich mir vom Klavierspiel erhofft hatte, blieb vorerst aus. Aber Thekla meinte, ich sei gut motiviert und könne damit meine steifen Gelenke ausgleichen, bis zu einem bestimmten Grad. Jeden Tag spielte ich eine halbe Stunde Tonleitern. Glaubst du wirklich, daß du glücklicher sein wirst, wenn du dir ein Stückchen Schubert spielen kannst, fragte Thekla.

Auf keinen Fall unglücklicher, antwortete ich, und mehr kann eine Frau über vierzig nicht erwarten, als nicht unglücklicher zu werden.

Ja, sagte Thekla, damit hat Mami mich immer getröstet, wenn ich traurig war. Kind, jetzt träumst du vom großen Glück, hat Mami gesagt, in ein paar Jahren hältst du es für Glück, wenn das große Unglück an dir vorübergegangen ist.

Für mich bedeutete das Klavierspielen, selbst wenn es sich auf Tonleitern und Kinderlieder beschränkte, etwas Ähnliches wie der Park. Man merkte es dabei nicht so.

*

Hat der Genosse Major Sie nicht angerufen? Die Haushälterin, diesmal in einer hellblauen Kittelschürze mit weißen Rüschen um Hals und Schultern, hielt die Klinke in der Hand, als wollte sie die Tür gleich wieder schließen.

Welcher Genosse Major? Ich versuchte, das Haus zu betreten, aber sie verlagerte ihr Standbein und schloß mit ihrer bedrohlichen Hüfte den schmalen Spalt zum Türrahmen.

Der junge Herr Beerenbaum natürlich, der Genosse Major. Er hat Sie doch angerufen, damit Sie heute nicht kommen sollen.

Ich hatte vorher nie bemerkt, daß sie mich nicht leiden konnte. Sie reckte ihren kurzen Hals über den Rüschen und starrte mich feindselig an. Der Herr Professor fühlt sich nicht wohl, und darum hat der Genosse Major Sie angerufen, damit Sie heute nicht kommen sollen.

Er hat mich nicht erreicht.

Tja, sie hob die Schultern, was heißen konnte: Ihr Pech.

Offensichtlich vermutete sie einen Zusammenhang zwischen Beerenbaums schlechtem Gesundheitszustand und mir. Sie war eine devote Seele und jemand, wahrscheinlich Michael Beerenbaum, mußte sie ermutigt haben, mir so brüsk und frohlockend den Eintritt zu verwehren. Ein Zipfel des Putzlappens hing aus ihrer Schürzentasche. Sie lächelte wie eine Siegerin, und ich wußte gar nicht, daß ich auch gegen sie gekämpft hatte. Daß mir in einem Haus, das zu betreten mich jedesmal Überwindung kostete, nun von diesem Zerberus in der hellblauen Kittelschürze mit weißen Rüschen der Zugang verweigert wurde, schien mir ein Sinnbild der vertrackten Situation, in die ich mich gebracht hatte.

Ich wollte ihr gerade Genesungswünsche für ihren Professor auftragen, als Beerenbaum in einem wollenen Hausmantel hinter ihrem Rücken auftauchte. Aber nicht doch, Frau Karl, sagte er, wenn sie schon da ist, dann wollen wir sie auch ins Haus bitten.

Sie gab die Tür frei und verschwand in die Küche. Als sie später den Kaffee servierte, lächelte sie wie immer. Dem Zucker bring ich gleich. Sie hatte eine völlig unsystematische Art, die Fälle zu verwechseln.

Beerenbaum wirkte schwach. Die faltige Gesichtshaut hing grau und überflüssig an den Kinnknochen, sogar seine Hand zitterte heftiger als sonst, als hätte sie den letzten Widerstand aufgegeben. Er schlürfte von dem Kaffee, wobei er die Tasse kaum anhob, sondern den kraftlos gebeugten Körper noch ein Stück nach vorn sinken ließ, bis sein Mund den Rand der Tasse erreichte. Ich schlug ihm vor, an einem anderen Tag wiederzukommen, aber er winkte ab. Wir nehmen uns ein erfreuliches Kapitel vor, bei dem wir uns nicht streiten müssen, sagte er. Schreiben Sie: »Rückkehr nach Deutschland. Der Augenblick, in dem unser Zug über die Grenze nach Deutschland fuhr, gehört zu den glücklichsten meines Lebens. Heim ins befreite Deutschland, befreit durch die Sowjetarmee. Weinend lagen alle Genossen im Zug sich in den Armen. In dieser Stunde wußten wir: Es würde unser Deutschland werden, auf ewig befreit von kriegslüsternen Imperialisten und mordgierigen Faschisten. Wir ahnten, welch schwerer Weg, benetzt von Schweiß und Tränen, vor uns lag.«

Ich möchte, daß wir hier ein Gedicht einfügen,

sagte er, ein Gedicht von Johannes R. Becher, das uns mit wunderbaren Worten aus dem Herzen gesprochen war.

Er rezitierte so pathetisch, wie ich es schon von ihm kannte:

> »Ihr wißt es, was es hieß:
> Den Weg, den schweren, gehen.
> Es lagen an dem Rand
> Des Wegs der Toten viel.
> Wir aber wußten dies:
> Wir müssen auferstehen!
> Ein freies deutsches Land
> War unsrer Sehnsucht Ziel.
>
> Seht, Großes wird vollbracht!
> Das Volk schafft sich sein Leben.
> Und war der Weg auch schwer,
> Ein Jubel sich erhebt.
> Seid euch bewußt der Macht!
> Die Macht ist euch gegeben.
> Daß ihr sie nie, nie mehr
> Aus euren Händen gebt!«

Die Luft, die er in seiner Lunge speichern konnte, reichte kaum für die kurzen Zeilen, ihre letzten

Silben erstickten schon in seiner Atemnot, so schwach war er. Zu schwach, als daß ich ihn nach seiner Schuld an der Verhaftung und Verurteilung des Grafen befragen durfte.

Er diktierte: »Es war erschreckend, wie es ideologisch in den Köpfen der Menschen aussah. Noch immer standen sie den Mördern näher als den Opfern. Bis tief in die Arbeiterklasse hinein hatte die antisowjetische Hetze ihr Werk getan. Diese Menschen zu erziehen war eine gigantische Aufgabe.«

Er lehnte sich zurück mit geschlossenen Augen. Ich beobachtete ihn genau. Wie bei jenen Leuten in der U-Bahn, die selbstvergessen und stumm ihren Streit führen mit einem Widersacher, dem Chef, der Ehefrau, dem Rivalen, während sich auf ihrem Gesicht der Verlauf des Gesprächs spiegelt, zumeist als Triumph des Träumenden, unterbrochen von Phasen der Gelassenheit, in denen der andere sprechen darf, dann wieder die stolze Verachtung um die Lippen, wenn er selbst erwidert, so glitt jetzt auch über Beerenbaums Gesicht die Erinnerung an frühere Siege. Während ich die selbstgefällige Reminiszenz in seinem Mienenspiel verfolgte, spürte ich plötzlich, wie ich ihn absichtslos nachahmte, wie ich meine Mundwinkel

abwärts zog, die Brauen hob, die Stirn in miß-
trauische Falten schob, und als eine scheinbar
notwendige Folge solcher Maske vollzog etwas in
mir diesen Ausdruck nach und weckte ein Gefühl,
das jeder Beobachter in mir jetzt auch vermutet
hätte. Eine feindselige Selbstgewißheit schärfte
meinen Blick auf den hinfälligen, seine Siege genüßlich repetierenden Beerenbaum. Seine anma-
ßende Zufriedenheit, betont durch die Schwäche,
die ihm anzusehen war, reizte mich bis aufs Blut.
Oder umgekehrt: es war seine Schwäche, die mich
beunruhigte und die Erinnerung weckte an Beerenbaums Blut, das ich gesehen hatte, damals, als
ich ihn mit meinen Fragen nach dem Hotel Lux
gequält hatte, bis es ihm endlich aus der Nase
floß. Immer noch hielt er die Augen geschlossen,
saß er ungeschützt hingestreckt auf seinem
Stuhl. Ich dachte an sein Zungenbein irgendwo
zwischen Kinn und Kehlkopf. Und dann fragte
ich: Kennen Sie Karl-Heinz Baron, den Sinologen?
Er richtete sich auf, lächelte höflich, hatte nicht
verstanden, nichts war geschehen. Aber ich fragte
noch einmal: Kennen Sie Karl-Heinz Baron, den
Sinologen?
Er antwortete, ohne zu zögern, dehnte nur die

Wörter, als wolle er Zeit gewinnen, ja, den kenne er, allerdings sei das lange her.

Erinnern Sie sich an Ihre letzte Begegnung mit ihm?

Es gab nur zwei, ich erinnere mich an beide. Er hob die Hand wie ein Redner, der um Ruhe bittet; eine Geste, die aus seiner Vergangenheit stammte, als er noch an der Stirnseite von Versammlungstischen saß und anderen das Wort entzog oder erteilte. Haben Sie den letzten Satz, fragte er. »Diese Menschen zu erziehen, war eine gigantische Aufgabe.«

Ich stellte mir vor, wie er mit dieser Handbewegung den Grafen zum Schweigen verurteilt hatte, als der nervös und ungeschickt einen nicht strafbaren Zusammenhang zu erfinden suchte zwischen dem flüchtigen Verräter, ihm selbst und dem Päckchen, das er auf dem Potsdamer Hauptpostamt nach West-Berlin aufgegeben hatte.

Die Erinnerung an das folgende Geschehen fällt mir schwer, nicht, weil ich nicht wüßte, was vorgefallen ist. Ich weiß es so genau, als hätte ich diese Minuten zweifach erlebt, als Zuschauerin und als Akteurin. Und eigentlich war ich sogar dreifach dabei, denn auch als Akteurin war ich geteilt, in eine, die etwas tat, und eine andere, die etwas zu tun wünschte. Ich weiß alles, nichts ist mir entgangen. Das macht das Erinnern so schwer.

Ich sehe sie vor mir, Beerenbaum und Rosalind. Er hinter dem Schreibtisch, gefangen im gelben Licht der Tischlampe. Sie ihm gegenüber, zwei Schritte entfernt, verschanzt hinter der Schreibmaschine Marke »Rheinmetall«.

Während ich noch schwankte, ob die Gerechtigkeit mir Rache für den Grafen oder Rücksicht auf den kranken Beerenbaum gebot, sah ich, daß Rosalind sich schon entschieden hatte. Die kleinen gesträubten Haare auf den Unterarmen und der konzentrierte, gegen Mitleid weckende Signale verschlossene Blick kündigten den Angriff an. Ich sah es, und Beerenbaum sah es auch.

Seinen letzten Versuch, das Gespräch abzuwehren, bitte, Rosa, ein anderes Mal, nur nicht heute, überhörte sie. Warum er nicht einfach aufgestanden ist und das Zimmer verlassen hat, weiß ich nicht. Vielleicht fehlte ihm sogar dafür die Kraft.

Rosalind verhörte ihn. Woher nahmen Sie das Recht? Glaubten Sie an seine Schuld? Anfangs noch ruhig, thronte sie wie eine Rachegöttin hinter der Schreibmaschine. Beerenbaum hatte sich ergeben. Man konnte jetzt glauben, er füge sich in etwas längst Erwartetes. Ich war selbst verfolgt, sagte er fast tonlos, Grete im Konzentrationslager. Es ist nicht leicht, einen Menschen ins Gefängnis zu schicken. Wir sind keine Unmenschen. Kommunisten haben gegen Unmenschen gekämpft. Wir durften nicht studieren. Wir haben bezahlt, daß andere studieren durften, immer, zuerst als Proleten mit unserem Schweiß, dann mit dem Geld unseres Staates. Arbeitergroschen. Diese Bildung war unser Eigentum, wer damit weglief, ein Räuber, Ihr Sinologe ein Dieb, jawohl. Ein Dieb gehört ins Gefängnis.

Rosalind beugte sich vor, die Arme auf die Tastatur der Schreibmaschine gestützt. Bei jeder Silbe stieß sie den Kopf in die Luft wie ein bellender Hund. Hirne konfiszieren. Ihr habt Hirnmasse konfisziert, weil ihr selbst zuwenig davon hattet. Im nächsten Jahrhundert hättet ihr sie amputiert und an Drähte gehängt, um die Gefängniskosten zu sparen. Hirneigenschaft statt Leibeigenschaft, ihr Menschheitsbefreier. Leib wart ihr euch selbst genug, nur an Hirn hats gefehlt. Können Sie vielleicht Latein? Sie können kein Latein, und darum haben Sie verboten, daß andere Latein lernen. Wer es schon konnte, mußte ins Gefängnis, damit

alle vergessen, daß es das gibt: Latein. Alles mußte vergessen werden, damit nicht herauskam, was
ihr alles nicht wußtet.

Gestützt auf seine gesunde Hand, versuchte Beerenbaum, sich in seinem Sessel noch einmal
aufzurichten. Er sprach gepreßt, atemlos vor
Schmerz oder Wut: Wir haben nichts vergessen.
Nie. Wir wußten immer, was Hunger ist und Kälte, feuchte Wohnungen, Rachitis, Arbeitslosigkeit,
Krieg. Unsere Universität war der Klassenkampf.
Unser Latein waren Marx und Lenin. Vorwärts
und nicht vergessen. Ihr habt vergessen. Was wißt
ihr denn.

Nichts wissen wir, schrie Rosalind mit einem Gesicht so verzerrt, daß ich selbst sie kaum erkannte, nichts, weil wir nicht leben durften. Euer eigenes Leben hat euch nicht gereicht, es war euch zu
schäbig, ihr habt auch noch unsere Leben ver-
braucht, Menschenfresser seid ihr, Sklavenhalter
mit einem Heer von Folterknechten.

Ich hörte Rosalind kreischen, sah, wie sie dabei
den Speichel in einem breiten Kegel versprühte
und mit den Fäusten auf die Schreibmaschine ein-
schlug. Das Schlimmste sah ich in ihren Augen,
wo sich spiegelte, was sie nicht tat: Rosalind stehend vor Beerenbaum, die Faust erhoben zum

Schlag, die andere Hand an Beerenbaums Hals zwischen Kinn und Kehlkopf. Die Faust traf sein Gesicht. Das Gebiß fiel ihm aus dem Mund. Sie schlug ihn wieder, bis er vom Stuhl stürzte. Der wollene Hausmantel öffnete sich über den Beinen, und Beerenbaums schlaffes Schenkelfleisch lag nackt auf dem Boden, unter der weißen Wäsche sichtbar das weiche Genital. Sie trat ihn gegen die Rippen, den Kopf, in die Hoden, beidbeinig sprang sie auf seinen Brustkorb. Er rührte sich nicht. Als das Blut aus seinem Ohr lief, gab sie erschöpft auf.

Beerenbaum lehnte im Sessel hinter dem Schreibtisch, einzig lebendig an ihm die zu ewigem Zittern verurteilte Hand. Sie sind doch ein Feind, flüsterte er.

Obwohl sie nun schwiegen, hing noch immer Bedrohliches zwischen den beiden. Nur Rosalind schien zu wissen, was geschehen würde. Gebannt fixierte sie den geschlagenen Beerenbaum. Langsam hob er den Kopf, und dann erkannte auch ich den Todesschrecken auf seinem Gesicht. Durch den halboffenen Mund sog er keuchend die Luft. Die gesunde Hand verkrampfte sich über der Brust, da, wo der Atem in einem Röcheln verendete. Die andere Hand griff, Halt suchend, ins Leere. Rosalind sah die ihr entgegengestreckte

Hand, sah den sterbenden Beerenbaum und wartete auf seinen Tod. Als ich endlich verstand, daß
sie nichts tun würde, um ihn zu retten, fand ich
meine Stimme wieder.
Die Haushälterin wußte, wo die Schachtel mit
den Nitranginkapseln lag. Ich rief den Notarzt.
Man brachte Beerenbaum ins Krankenhaus. Danach habe ich ihn nur noch einmal gesehen.

*

Es bringt mich um, daß ich so froh sein kann,
wenn andere sterben. Zum zweiten Mal gehe ich
hinter einem Sarg her und gebe einem den Abschied ohne Trauer. In F. hat ein zweiunddreißig-
jähriger Hilfsarbeiter seine Verlobte erwürgt, weil
sie ihn verlassen wollte. Daß sie weiterlebte, ohne
ihn zu lieben, konnte er nicht ertragen. Er löschte
ihre Lieblosigkeit wie einen Computerfehler, indem er die Frau auslöschte. Ich habe Beerenbaums Zungenbein nur mit den Augen gesucht.
Ich habe nicht meine Hände um seinen Hals gelegt und mit meinen Daumen seine Gurgel einge-
drückt, das habe ich nicht. Aber wie der Hilfsarbeiter aus F. konnte auch ich nur einen Ausweg
denken: Beerenbaums Tod. Warum hat sich der
Hilfsarbeiter aus F. nicht eine andere Frau gesucht

und mit ihr die Kränkung, die ihm angetan wurde, vergessen. Was kettete ihn an seine Verlobte, die ihn in ihrem Leben nicht länger haben wollte. Warum ging ich nicht meine eigenen Wege, lernte bei Thekla Fleischer Klavier spielen, begann endlich mit der Übersetzung der »Don Giovanni«-Rezitative. Warum fügte ich mich nicht der Antwort, die ich hinter der Tollerschen Frage längst vermutete: Ja, der Handelnde muß schuldig werden, immer und immer, oder, wenn er nicht schuldig werden will, untergehn. Als hätte ich nur das gesucht: meine Schuld. Alles, nur nicht Opfer sein. Das wußte auch Herbert Beerenbaum, der Arbeiter aus dem Ruhrgebiet: Alles, nur nicht noch einmal Opfer sein.

Jetzt erst, in der vorletzten Reihe, erkenne ich die Haushälterin. Unter dem engen schwarzen Mantel heben und senken sich abwechselnd ihre wulstigen Hüften. Der schaukelnde Gang und die, im Verhältnis zu dem massigen Körper, dünnen, sehnigen Beine erinnern an ein Kamel. In den rotgefrorenen Händen hält sie einen kleinen Nelkenstrauß und ein Taschentuch, mit dem sie sich hin und wieder über die Augen wischt. Frau Karl gehört zu den Leuten, die von sich selbst als kleinen Lichtern sprechen: Ich bin ja man nur ein kleines

Licht. Frau Karl hat ihr kleines Licht in den Dienst des Professors gestellt, den sie für ein großes Licht hielt. Ich vermute, daß Frau Karl nichts dabei findet, ein Opfer zu sein. Das unterscheidet sie von Beerenbaum und mir. Es muß ja auch die kleinen Leute geben, sagt sie, und Arbeit schändet nicht. Früher, als Frau Karl noch jünger war, hat sie ein paar Jahre als Aufseherin im Frauengefängnis gearbeitet. Das war nicht immer schön, sagte sie, als ich einmal bei ihr in der Küche auf Beerenbaum wartete.

Während sie dem hechelnden Beerenbaum die Hand hielt und dabei unablässig auf ihn einsprach: Nur ruhig bleiben, der Arzt ist gleich da, ganz ruhig, sah sie ein paarmal haßerfüllt zu mir, der Mörderin ihres Herrn. Ich hab ja gesagt, daß Sie heute nicht kommen sollen, zischte sie, als Beerenbaum auf der Trage in den Krankenwagen geschoben wurde. Jetzt gehen Sie bloß, daß der Herr Major Ihnen nicht noch treffen muß. Dann lief sie wimmernd ins Haus.

Ich fühlte mich krank, meine Stirn war heiß, und mir klapperten die Zähne. Ich ging ins Bett. Sobald ich die Augen schloß, sah ich den halbtoten Beerenbaum, der seine Hand nach mir ausstreckte. Er fletschte die Zähne wie mein Vater, wenn er mit der Zunge die Krümel unter seinem Gebiß wegwischte. Ich faltete die Hände unter der Decke und betete, daß er nicht stirbt, daß ich ihn nicht getötet haben werde. Ich betete, wie ich als Kind gebetet hatte, wenn die Nachbarskinder mich heimlich in die Sonntagsschule mitnahmen: Lieber Gott, mach ...

Ich hätte ihn nicht fragen dürfen. Hätte ich ihn nicht fragen dürfen? Er war achtundsiebzig Jahre alt. Er war herzkrank.

Als er fünfundfünfzig war und gesund, hat er den Grafen der Sicherheitspolizei ausgeliefert. Niemand hätte damals gewagt zu fragen, mit welchem Recht Leute wie er andere einsperren ließen. Und jetzt verschanzte er sich hinter seiner Schwäche. Meine Zähne schlugen aufeinander. Mach, daß er nicht stirbt, lieber Gott. Ich hätte ihn nicht so hassen dürfen.

Am Abend kam Thekla und kochte Fencheltee mit Thymiansirup. Das hat Mami immer gemacht, wenn ich Fieber hatte, Fencheltee mit Thymiansirup und Wadenwickel, sagte sie und schlug meine Beine in nasse Handtücher.

Wenn er stirbt, bin ich schuld, sagte ich.

Quatsch, sagte Thekla. Sie wickelte mich in die Bettdecke wie eine Mumie. Jetzt mußt du schwitzen. Wenn jemand in seinem Leben Dinge tut, sagte sie und ließ sich schwer auf das Fußende meines Bettes fallen, wenn jemand so schreckliche Dinge tut, daß er stirbt, weil man ihn danach fragt, ist er selbst schuld. Sie zog ihre Füße auf das Bett und lehnte sich so weit zurück, daß sie durch das obere Drittel des Fensters die erste Etage des gegenüberliegenden Hauses im Blick hatte, wo Herrn Solows Tochter wohnte.

Erzähl mir was über ihn, sagte ich.

Wirklich? rief Thekla und klatschte in die Hände. Gestern erst hätten sie sich getroffen, um elf Uhr vorm Pergamonaltar, wie zufällig. Inmitten der vielen Herrlichkeiten seien sie umhergegangen wie in einer versunkenen Welt. Später habe Herr Solow sie zum Essen ausgeführt ins Restaurant Moskau. Er, sagte Thekla, hätte etwas so Furchtbares wie Beerenbaum nie tun können, das wisse sie genau.

Ja, sagte ich, aber ich habe Beerenbaum getroffen und du Herrn Solow; ich fürchte, das war nicht nur Zufall.

Thekla blieb, bis ich eingeschlafen war.

*

Die Träger lassen den Sarg über Gurte vorsichtig in die Grube gleiten. Michael Beerenbaum, seine Frau, der Sohn und das Doppelkinn stehen nebeneinander, zwei Meter vom Grab entfernt. Später, wenn die Reihe an mir sein wird, drei Handvoll Erde auf Beerenbaums Sarg zu werfen, werde ich an sie herantreten müssen. Ich werde meine Hand ausstrecken, in der Furcht, daß niemand sie ergreift, und sagen müssen: Herzliches Beileid. Noch stehe ich unentdeckt hinter den schwarzen Rücken der anderen, die nacheinander an das Grab treten, wo ein Friedhofsangestellter dafür gesorgt hat, daß zwischen den Kränzen und Sträußen Platz für ein Paar Füße geblieben ist. Dreimal greift jeder von ihnen in ein metallenes Gefäß und wirft die feuchte Erde in die Grube. Aus Staub bist du, zu Staub sollst du werden. Dumpf fällt der Sand auf den hölzernen Sargdeckel. Um dieses Geräusch zu hören, bin ich hier.
Die Haushälterin läßt ihren Nelkenstrauß in das Erdloch fallen. Kraftlos hebt sie ihren derben Arm, öffnet zögerlich die Hand, die sie mit leicht angewinkelten Fingern noch eine Weile in der Luft hält als letzte Handreichung für ihren Herrn; eine elegische Geste, die sie im Kino gesehen haben muß. Während sie den Sand wirft, schluchzt sie in

ihr Taschentuch. Ich kann nicht erkennen, ob sie aufrichtig trauert oder ob sie glaubt, diesen Treuebeweis schuldig zu sein. Sie drückt Michael Beerenbaum teilnahmsvoll die Hand, seiner Frau eher flüchtig, den Jungen umarmt sie. Noch fünf schwarze Rücken vor mir, ich bin wieder die letzte. Die Haushälterin stellt sich in gebührendem Abstand hinter die Familie. Jetzt erkennt sie mich. Ich sehe ihr an, daß sie über diesen Augenblick später sagen wird: Ich dachte, mich trifft der Schlag.

Die Freesien fallen zwischen den Sarg und die frisch gestochene Wand des Grabes. Unter dem geschnitzten Sargdeckel zwischen den seidenen Kissen in seinem taubenblauen Anzug Beerenbaum. Ich verbiete mir, an Beerenbaums Hand zu denken. Es ist vorbei. Ich greife in den kalten Sand. Der werfe den ersten Stein ... Ich lasse den Sand langsam durch meine Finger auf den Sarg rieseln. Es ist vorbei. Als ich mich umdrehe, stehe ich ihnen allen gegenüber, und sie alle richten ihre Augen auf mich. Auch Michael Beerenbaums Augen mit dem matten, gläsernen Schimmer blicken auf mich. Ehe ich die drei Schritte auf ihn zugehen und ihm meine Hand entgegenhalten kann, wendet er sich ab. Ich bin erleichtert. Ich stecke die Hände in die Manteltaschen, werfe den Klumpen Zeitungspapier auf einen Haufen alten Grabschmucks hinter einer Buchsbaumhecke. In kleinen Gruppen zieht die Trauergemeinde zum Hauptausgang. Nur die Haushälterin geht allein. Ich halte Abstand. Die Haushälterin bückt sich, zieht an ihren Schnürsenkeln, bis sie meine Füße neben sich sieht, richtet sich auf, spuckt mit spitzen Lippen in den Sand. Sie schamlose Person, sagt sie. Auch das muß sie aus einem Film haben. Dann schließt sie eilig zu den anderen auf.

Ich gehe langsam, lasse so viel Raum zwischen den schwarzen Rücken und mir, daß ich meine eigenen Schritte wieder hören kann. Es ist immer noch kalt. Der Himmel hängt unbewegt und grau wie eine verräucherte Zimmerdecke über den Gräbern. Nichts passiert. Warum tut sich der verdammte Himmel nicht auf und läßt eine Sturzflut nieder oder eine Sonnenglut, die Brände entzünden kann, oder wenigstens ein mittleres Gewitter wie nach Theklas Hochzeit. Beerenbaum ist tot, begraben. Und alles ist wie vorher. Übermorgen ist der Tag nach Beerenbaums Tod. Wann ist übermorgen? Morgen, vorgestern, übermorgen? Ist übermorgen schon gewesen, und ich habe es nicht bemerkt?

Als ich einundzwanzig war, reiste ich zum ersten Mal ins Ausland. In der Abendsonne stand ich auf der Prager Karlsbrücke und wartete auf etwas Ungeheures, auf etwas, das ich nicht hätte erfahren können, ohne hiergewesen zu sein. Aber ich konnte nichts erkennen. Entzückt hörte ich auf die fremde Sprache, die ich nicht verstand, sah die Prager Kleinseite mit ihren engen, unzerstörten Gassen und empfand nichts außer einer ratlosen Enttäuschung. Meine Seele, schien es, war zu klein, um das Wunder zuzulassen, auf das ich wartete, und ich dachte, daß es so bleiben wird für alle Zeit, daß ich nie erleben werde, wonach ich mich sehne, solange ich selbst dabei bin. Ich spuckte in die Moldau und stieg hinauf zum Hradschin. Viel später entdeckte ich in meiner Erinnerung diese Minuten auf der Karlsbrücke und den Blick von der Burg auf die Dächer von Prag, die in der späten Abendsonne so golden glänzten, wie man es ihnen nachsagte. Vor allem aber erinnerte ich mich an das irritierende Gefühl, nicht dazuzugehören, den schönen Rausch des Fremdseins. Es war mir ergangen wie den Brüdern, die auf Geheiß ihres sterbenden Vaters einen ganzen Weinberg umgruben, um einen verborgenen Schatz darin zu suchen, und die, als sie

weder Gold noch Edelsteine fanden, die Sinnlosig-
keit ihrer Mühe und wohl auch die Bosheit des
Vaters beklagten. Im nächsten Sommer aber, die
Brüder hatten sich mit der Enttäuschung abge-
funden, hing der prophezeite Schatz als überrei-
che Ernte an den Weinstöcken.
Die anderen sind inzwischen durch das graue
Steintor in die Straße eingebogen. Erst nachdem
der Bus stadteinwärts den Friedhofsausgang passiert hat und ich sicher sein kann, kein Mitglied
der Beerenbaumschen Trauergemeinde an der
Haltestelle wiederzutreffen, gehe ich schneller. Zu
Hause werde ich heißen Tee trinken, vielleicht
»Don Giovanni« hören, später, wenn meine Hände wieder warm sind, werde ich Tonleitern
üben.
Als ich die Straße erreiche, sehe ich auf dem Park-
platz das karmesinrote Auto von Michael Beerenbaum, der in diesem Augenblick die Wagentür öffnet und aussteigt. Er kommt auf mich zu. In der
Uniform hat er plötzlich das Gesicht eines Mili-
tärs, nicht mehr das eines Pfarrers oder Pathologen. Auch der Gang wirkt verändert, soldatisch.
In der Hand hält er ein in Zeitungspapier einge-
schlagenes Paket. Hier, sagt er, als er vor mir
steht, er hat gewollt, daß Sie es bekommen. Seine

Stimme verrät nicht, ob er den Willen seines Vaters billigt. Ich weiß, was in dem Paket ist. Ich
will es nicht haben. Ich will damit nichts mehr zu
tun haben. Trotzdem greife ich danach.

Ich stehe noch vor dem Friedhof, als das karmesinrote Auto hinter der Kurve verschwindet, in
der Hand das dünne Paket, eingewickelt wie ein
Pfund Heringe in die Zeitung vom Vortag. Ich
werde es nicht öffnen. Ich werde es in die nächste
Mülltonne werfen. Ich werde es zwischen den Pa-
pierbergen im unteren Fach meines Bücherregals
begraben. Ich werde es auf keinen Fall öffnen.

»Sie ist eine bemerkenswerte Künstlerin des Ima-
ginären..., eine Scheherazade nicht des Sozialismus,
wohl aber des Menschenlebens unter sozialistischen Vorzeichen.« *Frankfurter Allgemeine Zeitung*

Monika Maron
Flugasche
Roman. 224 Seiten.
Collection S. Fischer Bd. 2317 und
als Fischer Taschenbuch Bd. 3784

Josefa Nadler ist Journalistin. Als ihre Reportage
über das Kraftwerk B nicht erscheinen darf, verläßt
sie den Freund, den Kollegenkreis, die große Ge-
meinschaft der Organisierten. Die realistische
Darstellung der Berufswelt, der Wünsche und
Ängste einer Frau, die selbst denken und eigene
Gefühle entwickeln möchte, macht den Roman
›Flugasche‹ zu einem erstaunlichen literarischen
Zeugnis unserer Gegenwart.

S. Fischer
Fischer Taschenbuch

Monika Maron

Das Mißverständnis
Vier Erzählungen und ein Stück. 127 Seiten.
Fischer Taschenbuch Bd. 10826
Gemeinsames Thema der Texte ist die falsche
Erwartung: Die Hoffnung auf eine höhere Stellung,
das Zusammentreffen mit einem Mann, der un-
mögliche Weg in das Land Nordsüd oder die
zwanglose Gemeinschaft von Mann und Frau.

Die Überläuferin
Roman. Fischer Taschenbuch Bd. 9197
Der Roman eines Stadtviertels (Pankow) und der
Sehnsucht nach dem Überschreiten der Grenzen,
des Rückzugs und des Aufbruchs.

Monika Maron/Joseph von Westphalen
Trotzdem herzliche Grüße
Ein deutsch-deutscher Briefwechsel
132 Seiten. Broschur.
Zwei Schriftsteller, aufgewachsen in verschiedenen sozialpolitischen Systemen, versuchen, sich
kennenzulernen, wobei sie über sich und das Land
in dem sie leben, in ihrer eigenen Sprache berichten.

S. Fischer
Fischer Taschenbuch

Die Ironie zwischen Frau und Mann im Zeitalter
des Feminismus

Margaret Atwood
Tips für die Wildnis
Short stories
Übersetzt von Charlotte Franke
272 Seiten. Gebunden

Zehn Short stories, die um die Ironien des Verhält-
nisses von Mann und Frau im Zeitalter des Feminismus kreisen. Es sind Geschichten, in denen die
Zeit eine wichtige Rolle spielt; sie wandelt die
Perspektive, aus der das Geschehene betrachtet
wird, und nimmt ihm jede Eindeutigkeit. Die Kom-
promißlosigkeit und Härte, mit der Margaret
Atwood ihr Thema behandelt, ist kaum zu über-
bieten.

 S. Fischer